TRANZLATY

La Langue est pour tout le Monde

ভাষা সবার জন্য

Les Aventures d'Alice au Pays des Merveilles

অ্যালিসের অ্যাডভেঞ্চারস ইন ওয়ান্ডারল্যান্ড

Lewis Carroll

লুইস ক্যারল

Français / বাংলা

Dans le Terrier du Lapin
নিচে খরগোশের গর্ত

Alice commençait à être très fatiguée

অ্যালিস খুব ক্লান্ত হতে শুরু করেছিল

Elle était assise à côté de sa sœur sur le talus d'herbe

ঘাসের পাড়ে বোনের পাশে বসেছিলেন তিনি

Mais elle n'avait rien à faire

কিন্তু তার কিছুই করার ছিল না

Sa sœur lisait un livre

মেয়েটির বোন একটি বই পড়ছিল

une ou deux fois, Alice jeta un coup d'œil dans le livre

দু-একবার অ্যালিস বইয়ে উঁকি দিল

Mais le livre ne contenait ni images ni conversations

কিন্তু বইটিতে কোনো ছবি বা কথোপকথন ছিল না

« À quoi sert un livre sans images ? » pensa Alice

"ছবি ছাড়া বই দিয়ে কী লাভ?" অ্যালিস ভাবল

« Pourquoi un livre n'aurait-il pas de conversations ? »

"কেন একটি বইয়ে কোনও কথোপকথন থাকবে না?

Mais elle avait d'autres choses à considérer

কিন্তু তার অন্য কিছু বিষয় বিবেচনার ছিল

« Faire une chaîne de marguerites serait un plaisir »

"ডেইজির একটি চেইন তৈরি করা একটি আনন্দ হবে"

« Mais cela vaut-il la peine de se lever et de cueillir les marguerites ?? »

"কিন্তু উঠে দাঁড়িয়ে ডেইজি বাছাই করার চেষ্টার কি কোনো মূল্য আছে??"

Ce n'était pas si facile d'y penser

এটা ভাবা এত সহজ ছিল না

parce que la journée la rendait somnolente et stupide

কারণ দিনটি তাকে ঘুম এবং বোকা বোধ করছিল

Mais soudain, ses pensées s'interrompirent

কিন্তু হঠাৎ তার চিন্তায় ছেদ পড়ল

un lapin blanc aux yeux roses courait près d'elle

গোলাপী চোখের একটি সাদা থরগোশ তার পাশ দিয়ে দৌড়ে গেল

Il n'y avait rien de trop remarquable chez le lapin

খরগোশের মধ্যে অস্বাভাবিক কিছু ছিল না

et Alice ne trouvait pas non plus le lapin remarquable

এবং অ্যালিসও খরগোশটিকে উল্লেখযোগ্য মনে করেনি

elle ne s'étonna pas non plus quand le Lapin parla

খরগোশের কথা শুনলেও সে অবাক হয়নি

« Oh mon Dieu ! Je serai trop tard ! se dit-il

"ওহ ডিয়ার! আমার অনেক দেরি হয়ে যাবে!" সে মনে মনে বলল

mais alors le Lapin a fait quelque chose que les lapins n'ont pas fait

কিন্তু তারপর খরগোশ এমন কিছু করল যা খরগোশরা করেনি

le Lapin tira une montre de la poche de son gilet

খরগোশ তার ওয়েস্টকোট-পকেট থেকে একটি ঘড়ি বের করল

Il regarda l'heure puis se hâta

সময়ের দিকে তাকিয়ে তাড়াতাড়ি চলে গেলেন

Alice se leva, stupéfaite

অ্যালিস অবাক হয়ে উঠে দাঁড়াল

Elle n'avait jamais vu un lapin avec un gilet auparavant !

ওয়েস্টকোট পরা খরগোশ সে আগে কখনো দেখেনি!

elle n'avait jamais vu non plus de lapin avec une montre !

ঘড়িওয়ালা খরগোশকেও সে কখনো দেখেনি!

Alice brûlait d'une nouvelle curiosité

অ্যালিস একটি নতুন কৌতূহলে জ্বলছিল

et elle courut à travers le champ après le Lapin

এবং সে খরগোশের পিছনে মাঠ জুড়ে দৌড়েছিল

Elle était juste à temps pour voir le lapin disparaître

তিনি খরগোশটিকে অদৃশ্য হয়ে যেতে দেখার ঠিক সময়ে ছিলেন

Le lapin sauta dans un grand terrier de lapin

খরগোশটা লাফিয়ে নেমে পড়ল একটা বড় খরগোশের গর্তে

Un instant plus tard, Alice s'est mise à courir après le lapin !

আর এক মুহূর্তে, খরগোশের পিছনে অ্যালিস নেমে গেল!

Le terrier du lapin continuait tout droit comme un tunnel

খরগোশের গর্তটা সুড়ঙ্গের মতো সোজা চলে গেল

Et le tunnel a continué à avancer sur une certaine distance

আর সুড়ঙ্গ কিছুদূর যেতে থাকল

Et puis le chemin s'est soudainement incliné

আর তারপরই হঠাৎই পথটা নেমে গেল

Alice n'eut pas un instant pour songer à s'arrêter

নিজেকে থামানোর কথা ভাবতে এক মুহূর্তও সময় পেল না অ্যালিস

Elle s'est retrouvée à tomber et à tomber

সে নিজেকে নিচে নামতে এবং নীচে নামতে এবং নীচে দেখতে পেল

Il semblait qu'elle était tombée dans un puits très profond

মনে হচ্ছিল যেন খুব গভীর কোনো কুয়োয় পড়ে গেছে

Ou le puits était très profond, ou bien elle tombait très lentement

হয় কূপটি খুব গভীর ছিল, অথবা সে খুব ধীরে ধীরে পড়েছিল

parce qu'elle avait tout le temps de tomber

কারণ তার পতনের জন্য প্রচুর সময় ছিল

alors qu'elle tombait, elle pouvait regarder tout autour d'elle

পড়ে যাওয়ার সময় সে তার চারপাশে তাকাতে পারছিল

D'abord, elle a essayé de comprendre où elle allait

প্রথমে তিনি বোঝার চেষ্টা করলেন তিনি কোথায় যাচ্ছেন

mais le puits était trop sombre pour voir quoi que ce soit

কিন্তু কুয়োটা এত অন্ধকার ছিল যে কিছুই দেখা যাচ্ছিল না

Puis elle regarda les côtés du puits

তারপর কুয়োর দুধারের দিকে তাকালেন

Et elle remarqua qu'il y avait des placards tout autour d'elle

এবং তিনি লক্ষ্য করলেন যে তার চারপাশে আলমারি রয়েছে

et tout autour du puits il y avait des étagères de livres

আর কুয়োর চারপাশে বইয়ের তাক

Çà et là, elle voyait des cartes et des tableaux accrochés à des piquets

এখানে-সেখানে খুঁটির ওপর ঝোলানো মানচিত্র আর ছবি দেখল সে

En passant, elle prit un bocal sur l'une des étagères

পাশ দিয়ে যাওয়ার সময় একটা তাক থেকে একটা জার নামিয়ে নিল সে

Le pot a été étiqueté pour son contenu

জারটি তার সামগ্রীর জন্য লেবেলযুক্ত ছিল

« MARMELADE D'ORANGES »

"কমলা থেকে তৈরি মোরব্বা"

Mais, à sa grande déception, le pot de marmelade était vide

কিন্তু, তার চরম হতাশার জন্য, মোরব্বার জারটি খালি ছিল

Elle ne voulait pas laisser tomber le pot de marmelade vide

খালি মোরব্বার বয়ামটা ফেলে দিতে ইচ্ছে করছিল না

et sa chute fut très lente

এবং তার পতন খুব ধীর ছিল

Elle a donc réussi à mettre le pot de marmelade dans l'un des placards

তাই সে মোরব্বার বয়ামটা একটা আলমারিতে ঢুকিয়ে রাখতে পেরেছে

Tombée, descendue, tombée !

নিচে, নিচে, নিচে সে পড়ে যায়!

La chute prendrait-elle fin ?

এই পতন কি কখনো শেষ হবে?

Il n'y avait rien d'autre à faire

আর কিছু করার ছিল না

alors Alice commença bientôt à se parler à elle-même

তাই অ্যালিস তাড়াতাড়ি নিজের সাথে কথা বলতে শুরু করল

« Je vais beaucoup manquer à Dinah ce soir, je pense ! »

"দিনা আজ রাতে আমাকে খুব মিস করবে, আমার ভাবা উচিত!"

Dinah était le chat d'Alice

দিনা ছিল অ্যালিসের বিড়াল

« J'espère qu'ils se souviendront de sa soucoupe de lait à l'heure du thé »

"আমি আশা করি তারা চায়ের সময় তার দুধের সসারটি মনে রাখবে"

« Dinah, ma chère, je voudrais que tu sois ici avec moi ! »

"দিনা, মাই ডিয়ার, আই উইশ ইউ হ্যাভ হিয়ার হিয়ার উইথ মাই হিয়ার!"

Alice sentit qu'elle s'assoupissait

অ্যালিস অনুভব করেছিল যে সে ঘুমিয়ে পড়ছে

Et puis soudain, bruit sourd ! bourrade!

তারপর হঠাৎই থরথর করে কাঁপতে লাগল! থ্যাম্প!

Elle tomba sur un tas de bâtons

নিচে সে লাঠির স্তূপের উপর পড়ে গেল

et elle atterrit sur un tas de feuilles sèches

এবং সে শুকনো পাতার স্তূপের উপর অবতরণ করল

et enfin la longue chute dans le trou était terminée

এবং অবশেষে গর্তের নীচে দীর্ঘ পতন শেষ হয়েছিল

Alice n'était pas du tout blessée

অ্যালিস একটুও আহত হয়নি

Et elle se leva d'un bond au bout d'un instant

এবং সে এক মুহূর্তের মধ্যে লাফিয়ে উঠল

Elle leva les yeux, mais il faisait noir au-dessus de sa tête

সে মুখ তুলে তাকাল, কিন্তু মাথার ওপরে সব অন্ধকার

Devant elle se trouvait un autre long couloir

তার সামনে আরেকটি লম্বা করিডোর

et le Lapin Blanc était toujours en vue

আর সাদা খরগোশ তখনও দৃষ্টিগোচর হচ্ছিল

Il se hâtait dans le couloir

সে তাড়াতাড়ি করিডোর দিয়ে যাচ্ছিল

Il n'y avait pas un instant à perdre

এক মুহূর্তও নষ্ট করতে হয়নি

Alice s'enfuit comme le vent

অ্যালিস বাতাসের মতো দৌড় দিল

Au coin de la rue, le lapin s'est retourné

কোণার দিকে খরগোশ ঘুরিয়ে দিল

Elle était juste à temps pour entendre le lapin

খরগোশের ডাক শোনার জন্য সে ঠিক সময়ে এসেছিল

« "Oh, mes oreilles et mes moustaches »

""ওহ, আমার কান এবং গোঁফ"

« Comme il est tard ! »

"কত দেরি হয়ে যাচ্ছে!"

Elle était tout près derrière le lapin

সে খরগোশের পেছনে ছিল

Elle tourna au détour d'un autre coin

সে অন্য কোণে ঘুরে দাঁড়াল

mais le Lapin n'était plus visible

কিন্তু খরগোশকে আর দেখা গেল না

Elle se retrouva dans une longue salle basse

সে নিজেকে একটি দীর্ঘ, নিচু হলঘরে আবিষ্কার করেছিল

La salle était éclairée par une rangée de plafonniers

সারি সারি সিলিং ল্যাম্পে আলোকিত হয়ে উঠল হলঘর

Il y avait des portes tout autour de la salle

হলের চারদিকে দরজা ছিল

mais toutes les portes étaient fermées à clé

কিন্তু সব দরজা বন্ধ ছিল

Elle marcha tout le long d'un côté de la salle

হলের একপাশ দিয়ে হেঁটে হেঁটে গেল সে
et elle avait fait tout le chemin de l'autre côté de la salle
এবং তিনি হলের অন্য দিক পর্যন্ত হেঁটে গিয়েছিলেন
Elle avait essayé toutes les portes
তিনি প্রতিটি দরজা চেষ্টা করেছিলেন
et elle marchait tristement au milieu de la salle
আর সে দুঃখের সাথে হলের মাঝখান দিয়ে হেঁটে গেল
« Comment vais-je jamais en sortir ? »
"আমি কীভাবে আবার বের হব?

Tout à coup, elle tomba sur une petite table
হঠাৎ সে একটা ছোট্ট টেবিলের সামনে এসে দাঁড়াল
La table était entièrement en verre massif
টেবিলটি সম্পূর্ণ শক্ত কাচের তৈরি
Il n'y avait rien sur la table à part une petite clé dorée
টেবিলে একটা ছোট্ট সোনার চাবি ছাড়া আর কিছুই ছিল
না
La clé pourrait appartenir à l'une des portes !
চাবিটা বোধহয় কোনো একটা দরজার আছে!

Mais, hélas ! Certaines serrures étaient trop grandes pour les clés

কিন্তু হায়! কিছু তালা চাবির জন্য খুব বড় ছিল

et pour les autres serrures, la clé était trop petite

এবং অন্যান্য তালার জন্য চাবিটি খুব ছোট ছিল

mais, en tout cas, la clef n'ouvrit aucune des portes

কিন্তু যাই হোক না কেন, চাবি কোনও দরজা খুলল না

Mais que devait-elle faire ?

কিন্তু কী করার ছিল তাঁর?

Elle traversa de nouveau le couloir

সে আবার হলের ভেতর দিয়ে ঢুকে গেল

et cette fois, elle remarqua un rideau bas

আর এবার সে একটা নিচু পর্দা চোখে পড়ল

Derrière le rideau se trouvait une petite porte

পর্দার আড়ালে একটা ছোট্ট দরজা ছিল

La porte avait une quinzaine de pouces de haut

দরজাটা প্রায় পনেরো ইঞ্চি উঁচু ছিল

Elle essaya la petite clé dorée dans la serrure

সে তালার ছোট্ট সোনালী চাবিটি চেষ্টা করল

Et à sa grande joie, la clé s'est glissée dans la serrure !

এবং তার মহা আনন্দের জন্য, চাবিটি তালায় ফিট করে!

Alice ouvrit la porte

অ্যালিস দরজা খুলল

et elle trouva la porte qui donnait sur un petit couloir

এবং তিনি দরজাটি একটি ছোট করিডোরে চলে যেতে দেখলেন

Le couloir n'était pas beaucoup plus grand qu'un trou à rats

করিডোরটি ইঁদুরের গর্তের চেয়ে খুব বেশি বড় ছিল না

Elle s'agenouilla et regarda le long du couloir

সে হাঁটু গেড়ে বসে করিডোরের দিকে তাকাল

et elle a vu le plus beau jardin que vous ayez jamais vu

এবং তিনি আপনার দেখা সবচেয়ে সুন্দর বাগান দেখেছেন

comme elle avait envie de sortir de cette salle sombre

সেই অন্ধকার হল থেকে বেরিয়ে আসার জন্য তার কত আকাঙ্ক্ষা ছিল

comme elle voulait se promener parmi ces fleurs lumineuses

সেই উজ্জ্বল ফুলের মাঝে সে কেমন যেন ঘুরে বেড়াতে চেয়েছিল

Comme ces fontaines avaient l'air cool et rafraîchissantes

সেই ঝর্ণাগুলো কেমন সুন্দর সতেজ লাগছিল

Mais elle ne pouvait même pas passer la tête par la porte

কিন্তু দরজা দিয়ে মাথা ঢোকাতেও পারছিলেন না তিনি

— Oh ! dit Alice d'un ton lugubre

"ওহ," অ্যালিস দুঃখের সাথে বলল

comme je voudrais pouvoir me plier comme un télescope !

"কত ইচ্ছে করে টেলিস্কোপের মতো গুটিয়ে নিতে!"

« Je pense que je pourrais me plier comme un télescope »

"আমি মনে করি আমি টেলিস্কোপের মতো ভাঁজ করতে পারি"

« Si seulement je savais par où commencer »

'আমি যদি জানতাম কীভাবে শুরু করতে হয়'

Alice retourna à la table

অ্যালিস টেবিলে ফিরে গেল

Il y avait la chance de trouver une autre clé

সুযোগ ছিল আরেকটা চাবি পাওয়া যাক

Ou il pourrait y avoir un livre de règles

অথবা নিয়মের বই থাকতে পারে

Le livre pourrait lui apprendre à se plier comme un télescope

বইটি তাকে টেলিস্কোপের মতো ভাঁজ করতে বলতে পারে

Cette fois, elle trouva une petite bouteille

এবার তিনি একটি ছোট বোতল পেলেন

« cette bouteille n'était certainement pas là auparavant, » dit Alice

"এই বোতলটি অবশ্যই আগে এখানে ছিল না," অ্যালিস বলল

et autour du goulot de la bouteille était attachée une étiquette en papier

আর বোতলের গলায় বাঁধা ছিল একটা পেপার লেবেল

L'étiquette était magnifiquement imprimée en grandes lettres

লেবেলটি সুন্দরভাবে বড় অক্ষরে মুদ্রিত হয়েছিল

« BOIS-MOI »

'আমাকে পান করো'

« Non, je vais regarder d'abord », a-t-elle dit

"না, আমি আগে দেখব," সে বলল

« Je vais voir si la bouteille est marquée comme toxique ou non, »

"আমি দেখব বোতলটি বিষাক্ত হিসাবে চিহ্নিত করা হয়েছে কিনা,"

Parce qu'elle n'a jamais oublié la leçon sur le poison

কারণ তিনি বিষ সম্পর্কে পাঠ কখনও ভোলেননি

« Si une bouteille est étiquetée comme toxique, elle est forcément en désaccord avec vous »

"যদি কোনও বোতলকে বিষাক্ত লেবেল দেওয়া হয় তবে এটি আপনার সাথে একমত হতে বাধ্য"

Cependant, cette bouteille n'a pas été marquée comme toxique

তবে এই বোতলকে বিষাক্ত হিসেবে চিহ্নিত করা হয়নি

alors Alice se hasarda à goûter le contenu de la bouteille

তাই অ্যালিস সাহস করে বোতলের বিষয়বস্তুর স্বাদ নিতে লাগল

Elle trouva le liquide tout à fait à son goût

তিনি তরলটি তার পছন্দ মতো পেয়েছিলেন

La boisson avait une sorte de saveur mélangée

পানীয়টিতে এক ধরণের মিশ্র স্বাদ ছিল

tarte aux cerises, crème pâtissière et ananas

চেরি-টার্ট, কাস্টার্ড এবং আনারস

Rôtir la dinde, le caramel et le pain grillé au beurre chaud

গরম মাখন দিয়ে টার্কি, টফি এবং টোস্ট ভুনা করুন

et elle finit bientôt la bouteille

এবং তিনি শীঘ্রই বোতলটি শেষ করলেন

« Quelle curieuse sensation ! » dit Alice

"কী অদ্ভুত অনুভূতি!" অ্যালিস বলল

« Je me plie comme un télescope ! »

"আমি টেলিস্কোপের মতো ভাঁজ হয়ে যাচ্ছি!"

Et elle se repliait comme un télescope !

আর সে তো টেলিস্কোপের মতো ভাঁজ হয়ে যাচ্ছিল!

Elle n'avait plus que dix pouces de haut

এখন তার উচ্চতা মাত্র দশ ইঞ্চি

et son visage s'éclaira à ses pensées

আর ভাবতে ভাবতে তার মুখ উজ্জ্বল হয়ে উঠল

Maintenant, elle était de la bonne taille pour la petite porte

এখন সে ছোট দরজার জন্য সঠিক আকার ছিল

Maintenant, elle pouvait aller dans ce joli jardin

এখন সে সেই সুন্দর বাগানে যেতে পারে

Bientôt, elle a cessé de devenir plus petite

শীঘ্রই সে ছোট হওয়া বন্ধ করে দিল

Elle décida d'aller tout de suite dans le jardin

সে একবারে বাগানে যাওয়ার সিদ্ধান্ত নিল

mais, hélas pour la pauvre Alice !

কিন্তু, বেচারা অ্যালিসের জন্য হায়!

Elle arriva à la porte

সে দরজার কাছে গেল

Mais elle avait oublié la petite clé d'or

কিন্তু ছোট্ট সোনার চাবিটা সে ভুলে গিয়েছিল

Elle retourna à la table pour prendre la clé

সে চাবির জন্য টেবিলে ফিরে গেল

Mais elle s'aperçut qu'elle ne pouvait pas atteindre assez haut

কিন্তু তিনি দেখলেন তিনি যথেষ্ট উঁচুতে পৌঁছাতে পারছেন না

Elle pouvait voir la clé très distinctement à travers la vitre

কাচের ভেতর দিয়ে চাবিটা বেশ স্পষ্ট দেখতে পেল সে

Elle essaya de grimper sur les pieds de la table

সে টেবিলের পা দুটো উপরে ওঠার চেষ্টা করল

Mais le verre était beaucoup trop glissant

কিন্তু গ্লাসটা অনেক বেশি পিচ্ছিল ছিল

Finalement, elle s'est fatiguée à essayer

অবশেষে চেষ্টা করেই ক্লান্ত হয়ে পড়লেন তিনি

et la pauvre petite fille s'assit et pleura

আর বেচারা বসে বসে কাঁদতে লাগল

Alice se parlait à elle-même assez vivement

অ্যালিস বরং নিজের সাথে তীক্ষ্ণ কথা বলল

« Allons, ça ne sert à rien de pleurer comme ça ! »

"এসো, এভাবে কেঁদে লাভ নেই!"

« Je vous conseille d'arrêter tout de suite ! »

"আমি আপনাকে এই মুহূর্তে থামার পরামর্শ দিচ্ছি!"

Elle se donnait généralement de très bons conseils

তিনি সাধারণত নিজেকে খুব ভাল পরামর্শ দিয়েছিলেন

bien qu'elle suivît très rarement ses propres conseils

যদিও তিনি খুব কমই তার নিজের পরামর্শ অনুসরণ করেছিলেন

Et elle était parfois trop dure envers elle-même

এবং তিনি মাঝে মাঝে নিজের প্রতি খুব কঠোর ছিলেন

et ses paroles lui firent monter les larmes aux yeux

এবং তার কথায় তার চোখে জল এসেছিল

Bientôt, son regard tomba sur une petite boîte en verre

কিছুক্ষণের মধ্যেই তার চোখ পড়ল একটা ছোট কাচের বাক্সের ওপর

La petite boîte de verre était posée sous la table

ছোট কাচের বাক্সটা টেবিলের নিচে পড়ে ছিল

Dans la boîte en verre se trouvait un tout petit gâteau

কাচের বাক্সে খুব ছোট একটা কেক ছিল

Sur le gâteau, quelques mots étaient magnifiquement écrits

কেকের উপর কিছু শব্দ সুন্দর করে লেখা ছিল
les mots avaient été marqués dans des groseilles
কথাগুলো কারেন্টে চিহ্নিত করা ছিল
« MANGE-MOI »
"আমাকে থাইয়ে দাও"
« Eh bien, je vais manger le gâteau », dit Alice
"ঠিক আছে, আমি কেকটি খাব," অ্যালিস বলল
« et si le gâteau me fait grossir, je peux atteindre la clé »
"এবং যদি কেকটি আমাকে আরও বড় করে তোলে তবে আমি চাবিটি পৌঁছাতে পারি"
« et si le gâteau me fait rapetisser, je peux me glisser sous la porte »
"আর কেকটা যদি আমাকে ছোট করে দেয়, আমি দরজার নিচে হামাগুড়ি দিতে পারি"
« Donc, de toute façon, j'irai dans le jardin »
"যে করেই হোক আমি বাগানে ঢুকে যাব"
« Et peu m'importe lequel des deux arrive ! »
"এবং আমি পরোয়া করি না যে দুটির মধ্যে কোনটি ঘটে!"
Elle a mangé un peu du gâteau
সে কেকের কিছুটা খেয়ে নিল
et elle se parla anxieusement à elle-même :
এবং তিনি উদ্বিগ্নভাবে নিজের সাথে কথা বললেন:
« Dans quel sens ? Dans quel sens ?
"কোন পথে? কোন দিকে?"
et elle posa la main sur sa tête
আর সে তার মাথায় হাত রাখল
Elle voulait sentir de quelle façon elle grandissait
তিনি অনুভব করতে চেয়েছিলেন যে তিনি কোন দিকে বেড়ে উঠছেন
Elle fut très surprise de découvrir ce qui s'était passé
যা ঘটেছে তা জানতে পেরে তিনি বেশ অবাক হয়েছিলেন

Elle était restée de la même taille !

তিনি একই আকারের রয়ে গেলেন!

Cette fois, elle redoubla donc d'efforts

তাই এবার তিনি তার প্রচেষ্টা দ্বিগুণ করলেন

Et bientôt, elle termina tout le gâteau

আর তাড়াতাড়ি সে পুরো কেকটা শেষ করে ফেলল,

La mare de larmes
কান্নার পুকুর

« Cela devient de plus en plus intéressant ! » s'écria Alice

"এটি আরও বেশি আকর্ষণীয় হয়ে উঠছে!" অ্যালিস চিৎকার করে উঠল

Vous pouvez voir qu'elle était très surprise

আপনি দেখতে পাচ্ছেন তিনি খুব অবাক হয়েছিলেন

« Je m'ouvre comme le plus grand télescope qui ait jamais existé ! »

"আমি সর্বকালের বৃহত্তম টেলিস্কোপের মতো খুলছি!"

« Au revoir, les pieds ! Oh, mes pauvres petits pieds"

"বিদায়, পা! ওহ, আমার দরিদ্র ছোট পা"

« Je me demande qui va vous mettre vos chaussures maintenant, mes chères ? »

"আমি ভাবছি এখন তোমার জন্য কে জুতো পরবে, প্রিয়তমা?"

et je me demande qui mettra vos bas ?

"আর আমি ভাবছি কে তোমার মোজা পরবে?"

« Je serai beaucoup trop loin »

"আমি অনেক দূরে থাকব"

« Je ne pourrai plus me soucier de toi »

"আমি আর তোমাকে নিয়ে ঝামেলা করতে পারব না"

Juste à ce moment, sa tête heurta quelque chose

ঠিক এই মুহূর্তে তার মাথাটা কোন কিছুর সাথে ধাক্কা খায়

Elle avait atteint le toit de la salle

সে হলের ছাদে পৌঁছে গিয়েছিল

En fait, elle mesurait maintenant plus de deux mètres

আসলে, তিনি এখন দুই মিটারেরও বেশি লম্বা ছিলেন

et elle prit aussitôt la petite clef d'or

এবং তিনি তৎক্ষণাৎ ছোট্ট সোনার চাবিটি তুলে নিলেন

et elle se précipita vers la porte du jardin

এবং সে তাড়াতাড়ি বাগানের দরজার দিকে চলে গেল

Pauvre Alice ! Il n'y avait pas grand-chose qu'elle pouvait

faire

বেচারা অ্যালিস! তার তেমন কিছু করার ছিল না

Elle s'allongea sur le côté

সে একপাশে শুয়ে পড়ল

et elle regarda d'un œil dans le jardin

আর এক চোখে বাগানের দিকে তাকিয়ে রইল

Mais s'en sortir était plus désespéré que jamais

কিন্তু পার পেয়ে যাওয়াটা ছিল আগের চেয়ে অনেক বেশি হতাশাজনক

Elle s'est assise et a recommencé à pleurer

সে বসে পড়ল এবং আবার কাঁদতে শুরু করল

Elle a continué à verser des litres de larmes

গ্যালন গ্যালন অশ্রু বিসর্জন দিতে থাকেন তিনি

Bientôt, il y eut une grande flaque tout autour d'elle

কিছুক্ষণের মধ্যেই তার চারপাশে একটা বড় জলাশয় দেখা গেল

et l'eau atteignait la moitié du couloir

এবং জল হলের অর্ধেক পর্যন্ত পৌঁছেছে

Au bout d'un moment, elle entendit un petit claquement de pieds

কিছুক্ষণ পর পায়ের আওয়াজ শুনতে পেল

Elle entendit les pas venir de loin

দূর থেকে পায়ের আওয়াজ শুনতে পেল সে

et elle s'essuya vivement les yeux pour voir ce qui allait arriver

এবং সে তাড়াতাড়ি চোখ মুছল দেখার জন্য কি আসছে

C'était le retour du Lapin Blanc

ফিরে এল সাদা খরগোশ

Il était magnifiquement vêtu

তিনি তো চমৎকার পোশাক পরেছিলেন

Il avait une paire de gants blancs dans une main

তার এক হাতে ছিল সাদা গ্লাভস

et il avait un grand éventail de plumes dans l'autre main

আর তার অন্য হাতে ছিল বিশাল পালকের পাখা

Il arriva en trottinant en toute hâte

খুব তাড়াহুড়ো করে এলো

et il murmura en lui-même : « Oh ! la duchesse, la duchesse !

মনে মনে বিড়বিড় করে বলল, "ওহ! ডাচেস, ডাচেস!"

« Ah ! ne serait-elle pas sauvage si je l'ai fait attendre !

"ওহ! আমি যদি তাকে অপেক্ষা করিয়ে রাখি তবে সে কি অসভ্য হবে না!"

Quand le Lapin s'approcha d'elle, Alice prit la parole

খরগোশ যখন তার কাছে এল, অ্যালিস কথা বলল

Mais elle parlait d'une voix basse et timide

কিন্তু সে নিচু, ভীরু গলায় কথা বলল

« Monsieur, s'il vous plaît, arrêtez ce que vous faites un instant »

"স্যার, আপনি যা করছেন তা এক মুহূর্তের জন্য বন্ধ করুন"

Le Lapin sursauta violemment

খরগোশ হিংস্রভাবে চমকে উঠল

Il laissa tomber les gants blancs et l'éventail de plumes

সাদা গ্লাভস আর পালকের পাখা ফেলে দিলেন

et il s'enfuit dans les ténèbres aussi vite qu'il le put

এবং সে যত দ্রুত সম্ভব অন্ধকারে চলে গেল

Alice ramassa l'éventail en plumes et les gants

অ্যালিস পালকের পাখা এবং গ্লাভস তুলে নিল

Et elle n'arrêtait pas de s'éventer tout en parlant

আর কথা বলতে বলতে সে পাখা মেলতে থাকে

« Cher, cher ! Comme tout est étrange aujourd'hui !

"প্রিয়তমা! কী অদ্ভুত সব আজ!"

« Hier, les choses se sont passées comme d'habitude »

"গতকাল সবকিছু স্বাভাবিক হিসাবে চলেছিল"

« Étais-je le même quand je me suis levé ce matin ? »

"আজ সকালে যখন উঠেছিলাম তখন কি আমিও একই
রকম ছিলাম?

« Mais si je ne suis pas le même, il y a une autre question »

"কিন্তু আমি যদি একই না হই, তাহলে অন্য প্রশ্ন আছে"

« Qui suis-je ? »

'দুনিয়াতে আমি কে?

« Ah, c'est le grand casse-tête ! »

"আহ, এ তো মহা ধাঁধা!"

En disant cela, elle baissa les yeux sur ses mains

কথাটা বলতে বলতে সে তার হাতের দিকে তাকিয়ে রইল

Elle portait l'un des petits gants blancs du lapin

তার পরনে ছিল একটা থরগোশের ছোট সাদা গ্লাভস

Elle n'avait pas remarqué qu'elle avait mis le gant en parlant

কথা বলার সময় তিনি গ্লাভস পরে খেয়াল করেননি

« Comment ai-je pu faire cela ? » a-t-elle pensé

"আমি কীভাবে এটি করতে পারি?" সে ভেবেছিল

« Je dois redevenir petit »

'আমি নিশ্চয়ই আবার ছোট হয়ে যাচ্ছি'

Elle se leva et s'approcha de la table pour mesurer sa taille

সে উঠে টেবিলের কাছে গেল তার উচ্চতা মাপতে

Elle a découvert qu'elle mesurait maintenant environ un demi-mètre

তিনি দেখতে পেলেন যে তিনি এখন প্রায় আধা মিটার লম্বা

et elle rétrécissait encore rapidement

এবং সে তখনও দ্রুত সঙ্কুচিত হচ্ছিল

Elle découvrit rapidement quelle était la cause de ce rétrécissement

তিনি শীঘ্রই সঙ্কুচিত হওয়ার কারণ কী তা খুঁজে পেয়েছিলেন

L'éventail de plumes la rendait encore plus petite !

পালকের পাখা তাকে আবার ছোট করে দিচ্ছিল!

et elle laissa tomber l'éventail de plumes à la hâte

এবং তিনি তাড়াতাড়ি পালক পাখা ফেলে

Elle laissa tomber l'éventail de plumes juste à temps pour se sauver

নিজেকে বাঁচাতে ঠিক সময়েই পালকের পাখা ফেলে দেন তিনি

Si elle s'était éventée plus longtemps, elle se serait complètement retirée

সে যদি আর কিছুক্ষণ পাখা মেলে তাহলে সে একেবারে সঙ্কুচিত হয়ে যেত

« C'était une échappatoire de justesse ! » dit Alice

"এটি একটি সংকীর্ণ পলায়ন ছিল!" অ্যালিস বলল

et elle fut bien effrayée de ce changement soudain

এবং আকস্মিক পরিবর্তনে তিনি বেশ ভয় পেয়েছিলেন

mais elle était très heureuse de se trouver encore en existence

তবে নিজেকে এখনও অস্তিত্বে পেয়ে তিনি খুব খুশি হয়েছিলেন

« Et maintenant, en route pour le jardin ! »

"আর এখন, বাগানে যাও!"

Et elle courut à toute vitesse vers la petite porte

এবং সে সমস্ত গতিতে ছোট্ট দরজার দিকে ছুটে গেল

Mais, hélas ! La petite porte fut refermée

কিন্তু হায়! ছোট্ট দরজাটা আবার বন্ধ হয়ে গেল

et la petite clé d'or était de nouveau posée sur la table de verre

আর ছোট্ট সোনালী চাবিটা আবার কাচের টেবিলে পড়ে আছে

« Les choses sont pires que jamais », pensa le pauvre enfant

"পরিস্থিতি আগের চেয়ে খারাপ," বেচারা ভাবল

« Je n'ai jamais été aussi petit que ça auparavant, jamais ! »

"আমি এর আগে কখনও এত ছোট ছিলাম না, কখনও না!

En prononçant ces mots, son pied glissa

কথাগুলো বলতে বলতে তার পা পিছলে গেল

et un instant plus tard, il y eut une grande éclaboussure !

আর কিছুক্ষণের মধ্যেই প্রচও ঝড় উঠল!

Elle était dans l'eau salée jusqu'au menton

নোনা জলে থুতনি পর্যন্ত ছিল সে

Sa première idée fut qu'elle était tombée d'une manière ou d'une autre dans la mer

প্রাথমিকভাবে ধারণা করা হচ্ছে, তিনি কোনোভাবে সাগরে পড়ে গেছেন

Cependant, elle s'est vite rendu compte dans quoi elle se trouvait

যাইহোক, তিনি শীঘ্রই বুঝতে পেরেছিলেন যে তিনি কী ছিলেন

Elle était dans une mare de larmes

সে কান্নার পুকুরে ছিল

les larmes qu'elle avait versées quand elle avait deux mètres de haut

দুই মিটার লম্বা হওয়ার সময় সে যে অশ্রু কেঁদেছিল

Juste à ce moment-là, elle entendit quelque chose

ঠিক তখনই তিনি কিছু একটা শুনতে পেলেন

Quelque chose barbotait dans la mare

পুকুরে কিছু একটা ছিটকে পড়ছিল

Les éclaboussures venaient d'un peu de loin

একটু দূর থেকে ছিটকে পড়ল

et elle nagea plus près pour voir ce que c'était que les éclaboussures

আর সে সাঁতরে কাছে গিয়ে দেখল ছিটকে পড়ার শব্দ কি

Elle vit bientôt que ce n'était qu'une petite souris

কিছুক্ষণের মধ্যেই সে দেখতে পেল যে ওটা একটা ছোট্ট ইঁদুর মাত্র

La petite souris s'était également glissée dans l'eau

ছোট্ট ইঁদুরটিও পানিতে তলিয়ে গিয়েছিল

Alice réfléchit à la situation

অ্যালিস মনে মনে ভাবতে লাগল পরিস্থিতি

« Serait-il utile de parler à cette souris ? »

"এই ইঁদুরের সাথে কথা বলে কি কোন লাভ হবে?"

« Tout est tellement à l'envers ici »

"এখানে সবকিছু এত উল্টোপাল্টা হয়"

« Je pense que c'est très probable que cette souris peut parler »

"আমার মনে হয় খুব সম্ভবত এই ইঁদুরটি কথা বলতে পারে"

« En tout cas, il n'y a pas de mal à essayer »

"যে কোনও হারে, চেষ্টা করতে কোনও ক্ষতি নেই"

Alors elle a commencé à essayer de parler à la souris

তাই সে ইঁদুরের সাথে কথা বলার চেষ্টা শুরু করল

« Oh Souris, sais-tu comment sortir de cette mare ? »

"ওহ মাউস, তুমি কি এই পুল থেকে বের হওয়ার পথ জানো?"

« Je suis bien fatigué de nager ici, ô souris ! »

"আমি এখানে সাঁতার কাটতে কাটতে খুব ক্লান্ত হয়ে পড়েছি, ওহ মাউস!"

La souris la regarda d'un air assez inquisiteur

ইঁদুর জিজ্ঞাসু দৃষ্টিতে তার দিকে তাকাল

La souris semblait cligner de l'œil avec l'un de ses petits yeux

ইঁদুরটা যেন তার ছোট্ট একটা চোখ দিয়ে চোখের পলক ফেলল

Mais la petite souris ne dit rien

কিন্তু ছোট্ট ইঁদুরটি কিছুই বলল না

« Peut-être la souris ne comprend-elle pas l'anglais », pensa Alice

"সম্ভবত ইঁদুরটি ইংরেজি বোঝে না," অ্যালিস ভেবেছিল

« J'ose dis-le que c'est une souris française »

"আমি সাহস করে বলতে পারি এটি একটি ফরাসি ইঁদুর"

« peut-être que cette souris est venue avec Guillaume le Conquérant »

"সম্ভবত এই ইঁদুরটি উইলিয়াম দ্য কনকয়েরারের সাথে এসেছিল"

Alors elle a recommencé, en français

তাই তিনি আবার শুরু করলেন, ফরাসি ভাষায়

« Où est mon chat ? » a-t-elle demandé en français

"আমার বিড়াল কোথায়?" সে ফরাসি ভাষায় জিজ্ঞাসা করল

c'était la première phrase de son livre de leçons de français

এটি ছিল তার ফরাসি পাঠ–বইয়ের প্রথম বাক্য

La souris fit un saut soudain hors de l'eau

ইঁদুর হঠাৎ জল থেকে লাফিয়ে উঠল

et la souris semblait frémir de frayeur

আর ইঁদুরটা যেন ভয়ে সারা শরীর কাঁপতে লাগল

— Oh ! je vous demande pardon ! s'écria vivement Alice

"ওহ, আমি আপনার ক্ষমা প্রার্থনা করছি!" অ্যালিস তাড়াতাড়ি চিৎকার করে উঠল

Elle craignait d'avoir blessé les sentiments du pauvre animal

তিনি ভয় পেয়েছিলেন যে তিনি দরিদ্র প্রাণীটির অনুভূতিতে আঘাত করেছেন

« J'oubliais que tu n'aimais pas les chats »

'আমি ভুলেই গিয়েছিলাম তুমি বিড়াল পছন্দ করো না'

« Je n'aime pas les chats ! » cria la Souris d'une voix aiguë et passionnée

"আমি বিড়াল পছন্দ করি না!" ইঁদুরটি তীক্ষ্ণ, আবেগপ্রবণ কণ্ঠে চিৎকার করে উঠল

« Voudrais-tu des chats, si tu étais moi ? »

"তুমি কি বিড়াল পছন্দ কর, যদি তুমি আমার জায়গায় হতে?

Alice réconforta la souris d'un ton apaisant

অ্যালিস শান্ত স্বরে ইঁদুরটিকে সান্ত্বনা দিল

« Eh bien, peut-être que je n'aimerais pas non plus les chats si j'étais vous »

"আচ্ছা, আমি যদি তোমার জায়গায় হতাম তবে সম্ভবত আমি বিড়াল পছন্দ করতাম না"

« S'il vous plaît, ne soyez pas en colère à propos de la

mention des chats »

"দয়া করে বিড়ালের উল্লেখ নিয়ে রাগ করবেন না"

« Et pourtant, j'aimerais pouvoir te montrer notre chat Dinah »

"তবুও আমি যদি তোমাকে আমাদের বিড়াল দিনাহ দেখাতে পারতাম"

« Si vous la rencontriez, je pense que vous prendriez goût aux chats »

"আপনি যদি তার সাথে দেখা করেন তবে আমি মনে করি আপনি বিড়ালদের কাছে একটি অভিনব গ্রহণ করবেন"

« Si seulement vous pouviez la voir »

'তুমি যদি তাকে দেখতে পেতে'

« Elle est une chose si chère et si calme »

"সে এত প্রিয়, শান্ত জিনিস"

La souris tremblait de partout

সারা গায়ে ইঁদুর কাঁপছিল

Alice était certaine que la souris devait être vraiment offensée

অ্যালিস নিশ্চিত ছিল যে ইঁদুরটি নিশ্চয়ই সত্যিই ক্ষুব্ধ হয়েছে

« On ne parlera plus d'elle, si tu préfères ne pas le faire »

"আমরা তার সম্পর্কে আর কথা বলব না, যদি আপনি না চান"

« Nous, en effet ! » s'écria la Souris

"আমরা, সত্যি!" ইঁদুর চিৎকার করে উঠল

La souris tremblait jusqu'au bout de sa queue

ইঁদুরটি তার লেজের শেষ প্রান্ত পর্যন্ত কাঁপছিল

« Comme si je voulais parler d'un tel sujet ! »

"যেন এমন একটা বিষয় নিয়ে কথা বলি।"

« Notre famille a toujours détesté les chats »

"আমাদের পরিবার সবসময় বিড়াল ঘৃণা করে"

"Les chats ; des choses méchantes, basses, vulgaires !

"বিড়াল; নোংরা, নীচু, অশ্লীল জিনিস!"

« Ne me laissez plus entendre le nom ! »

"আমাকে আর নাম শুনতে দেবেন না!

— Je ne parlerai plus des chats, en effet, dit Alice

"আমি আর বিড়ালের কথা বলব না!" অ্যালিস বলল

Elle était très pressée de changer de sujet

প্রসঙ্গ পাল্টানোর জন্য তার খুব তাড়া ছিল

"Êtes-vous... Aimez-vous les chiens ?

"আপনি... তুমি কি কুকুর পছন্দ কর?"

« Il y a un petit chien si gentil près de notre maison, »

"আমাদের বাড়ির কাছে এত সুন্দর একটি ছোট কুকুর আছে,"

« Je voudrais te montrer le petit chien ! »

"আমি তোমাকে ছোট কুকুরটি দেখাতে চাই!

"Ce petit chien tue tous les rats et...

"এই ছোট কুকুরটি সমস্ত ইঁদুর মেরে ফেলে এবং...

« Oh ! mon Dieu ! » s'écria Alice d'un ton triste

"ওহ, প্রিয়!" অ্যালিস দুঃখের সুরে চিৎকার করল

« J'ai peur de t'avoir encore offensé ! »

"আমি ভয় পাচ্ছি যে আমি আপনাকে আবার অপমান করেছি!"

La souris nageait loin d'elle aussi vite qu'elle le pouvait

ইঁদুরটি যত দ্রুত সম্ভব তার কাছ থেকে সাঁতার কেটে দূরে সরে যাচ্ছিল

et la souris fit tout un vacarme dans la mare

আর ইঁদুরটা পুকুরে বেশ হৈচৈ ফেলে দিল

Alors elle appela doucement la souris

তাই সে ইঁদুরের পেছনে আস্তে আস্তে ডাকল

« Ma chère souris, s'il vous plaît, revenez ! »

"মাই ডিয়ার মাউস, প্লিজ কাম ব্যাক!

« Et nous ne parlerons pas des chats »

'আমরা বিড়াল নিয়ে কথা বলব না'

« Et nous n'avons pas non plus besoin de parler des chiens »

"এবং আমাদের কুকুর সম্পর্কে কথা বলতে হবে না"
Quand la souris entendit cela, elle se retourna
এ কথা শুনে ইঁদুরটি ঘুরে দাঁড়ায়
et la petite souris nagea lentement vers elle
এবং ছোট্ট ইঁদুরটি আস্তে আস্তে তার কাছে ফিরে এল
Le visage de la souris était assez pâle
ইঁদুরের মুখ বেশ ফ্যাকাশে হয়ে গেল
et la souris parla d'une voix basse et tremblante
এবং ইঁদুরটি নিচু, কাঁপা কাঁপা কণ্ঠে কথা বলল
« Allons à la rive »
"চলো তীরে যাই"
« et ensuite je vous raconterai mon histoire »
'তারপর আমি আমার ইতিহাস বলব'
« et vous comprendrez pourquoi c'est moi qui déteste les chats et les chiens »
"এবং আপনি বুঝতে পারবেন কেন আমি বিড়াল এবং কুকুরকে ঘৃণা করি"
Il était grand temps de partir
যাবার সময় হয়ে গেল
parce que la piscine devenait assez bondée
কারন পুলে বেশ ভিড় হচ্ছিল
D'autres oiseaux et animaux étaient tombés dans la mare
অন্যান্য পশু–পাখি পুকুরে পড়ে গিয়েছিল
il y avait un Canard et un Dodo
একটা হাঁস আর একটা ডোডো ছিল
et il y avait un oiseau Lory et un aiglon
আর ছিল একটা লরি পাখি আর একটা ঈগল
et il y avait plusieurs autres créatures intéressantes
আর আরও অনেক আকর্ষণীয় দেখতে প্রাণী ছিল
Alice a ouvert la voie à la sortie de la piscine
অ্যালিস পুলটি থেকে বেরিয়ে আসার পথে নেতৃত্ব দিয়েছিল
et toute la troupe des animaux nagea jusqu'au rivage
আর পশুদের পুরো দল সাঁতরে তীরে উঠে এল

Une course de caucus et une longue traîne

একটি ককাস রেস এবং একটি দীর্ঘ লেজ

C'était en effet une bande d'animaux à l'allure amusante

তারা সত্যিই একটি মজার চেহারার প্রাণী ছিল

et ils se rassemblèrent tous sur le bord de l'eau

এবং তারা সকলে জলের তীরে একত্রিত হয়েছিল

Les oiseaux avaient tous des plumes débraillées

পাখিদের সবারই পালক ছিল

et les animaux à fourrure étaient trempés

আর লোমশ পশুগুলো ভিজে গেল

et tous étaient trempés, agacés et mal à l'aise

আর সবাই ভিজে ভিজে ভিজে বিরক্ত আর অস্বস্তি বোধ করছিল

Il y avait une question à laquelle il fallait répondre en premier

একটা প্রশ্নের উত্তর আগে দিতে হবে

Quelle est la meilleure façon pour tout le monde de se sécher ?

প্রত্যেকের শুকনো হওয়ার সর্বোত্তম উপায় কী?

Ils ont tenu une consultation à ce sujet

এ বিষয়ে তাদের মধ্যে আলোচনা হয়েছে

Bientôt, ils furent tous en bons termes

শীঘ্রই তারা সবাই পরিচিত শর্তে ছিল

C'était comme si elle les avait connus toute sa vie

যেন সারাজীবন ধরে ওদের চেনেন তিনি

La souris semblait être une personne d'une certaine autorité

ইঁদুরটিকে দেখে মনে হচ্ছিল কোনো কর্তৃত্বপরায়ণ ব্যক্তি

« Asseyez-vous, vous tous, et écoutez-moi ! »

"আপনারা সকলে বসুন এবং আমার কথা শুনুন!

« Je vais bientôt vous faire sécher à nouveau ! »

"আমি শীঘ্রই তোমাদের সবাইকে আবার শুকিয়ে দেব!"

Ils s'assirent tous en même temps, dans un grand cercle

তারা সবাই একযোগে একটি বড় রিংয়ে বসে পড়ল

et la petite souris s'assit au milieu

আর ছোট্ট ইঁদুরটা মাঝখানে বসে আছে

« Hum ! » dit la souris d'un air important

"আহেম!" ইঁদুর গম্ভীর গলায় বলল

« Êtes-vous tous prêts ? »

"তোমরা সবাই রেডি তো?"

« C'est la chose la plus sèche que je connaisse »

"এটি আমার জানা সবচেয়ে শুষ্ক জিনিস"

« Silence tout autour, s'il vous plaît ! »

"চারিদিকে নীরবতা, যদি আপনি দয়া করেন!"

« Guillaume le Conquérant était favorisé par le pape »

"উইলিয়াম বিজয়ী পোপ দ্বারা অনুকূল ছিল"

« mais il fut bientôt soumis par les Anglais »

"কিন্তু অচিরেই ইংরেজরা তার কাছে আত্মসমর্পণ করে"

« Ils voulaient des leaders ces derniers temps »

'ওরা চেয়েছিল ইদানীং নেত্রী

« et ils avaient été habitués au pouvoir et à la conquête »

"এবং তারা ক্ষমতা ও বিজয়ে অভ্যস্ত ছিল"

« Edwin et Morcar, les comtes de Mercie et de Northumbrie »

"এডউইন এবং মরকার, মার্সিয়া এবং নর্থাম্ব্রিয়ার আর্লস"

« Pouah ! » dit l'oiseau lori, avec un frisson

"উফ!" কাঁপা কাঁপা গলায় বলল লরি পাখি

« et même Stigand, l'archevêque patriote de Cantorbéry »

"এবং এমনকি স্টিগ্যান্ড, ক্যানটারবেরির দেশপ্রেমিক আর্চবিশপ"

« Il l'a également trouvé opportun »

"তিনি এটাও যুক্তিযুক্ত বলে মনে করেছিলেন"

« Qu'a-t-il trouvé à propos ? » dit le canard

হাঁস বলল, "তার কাছে কী পরামর্শ ছিল?"

— Il l'a trouvé opportun, répondit la souris d'un ton un peu contrarié

ইঁদুর কিছুটা রাগান্বিত গলায় জবাব দিল, "তার কাছে এটা যুক্তিযুক্ত মনে হয়েছে

Mais le canard n'était pas satisfait

কিন্তু হাঁসটি সন্তুষ্ট হয়নি

« Bien sûr, vous savez ce que 'it' signifie »

"অবশ্যই, আপনি জানেন যে 'এটি' এর অর্থ কী"

« Je sais ce que c'est quand je trouve quelque chose », dit le canard

হাঁস বলল, "জিনিস পেলেই আমি জানি 'এটা' কী

« C'est généralement une grenouille ou un ver »

"এটি সাধারণত একটি ব্যাঙ বা একটি কীট"

« La question est de savoir ce que l'archevêque a trouvé ?

প্রশ্ন হচ্ছে, আর্চবিশপ কী খুঁজে পেলেন?

La souris n'a pas remarqué cette question

ইঁদুরটি এই প্রশ্নটি খেয়াল করেনি

Au lieu de cela, la souris continua précipitamment son discours

পরিবর্তে, ইঁদুরটি তাড়াতাড়ি বক্তৃতা চালিয়ে গেল

« il a jugé opportun d'aller avec Edgar Atheling »

"তিনি এডগার অ্যাথেলিংয়ের সাথে যাওয়া যুক্তিযুক্ত বলে মনে করেছিলেন"

« pour rencontrer Guillaume et lui offrir la couronne »

"উইলিয়ামের সাথে দেখা করতে এবং তাকে মুকুট অফার করতে"

la souris continua, se tournant vers Alice pendant qu'elle parlait

ইঁদুরটি কথা বলতে বলতে অ্যালিসের দিকে ফিরে বলল

« Comment allez-vous maintenant, ma chère ? »

"এখন কেমন আছো প্রিয়তমা?"

– Aussi mouillée que jamais, dit Alice d'un ton mélancolique

"আগের মতোই ভেজা," অ্যালিস বিষণ্ন সুরে বলল

« Cette histoire n'a pas l'air de me tarir du tout »

"এই গল্পটি আমাকে মোটেও শুকিয়ে যাচ্ছে বলে মনে হচ্ছে না"

— Dans ce cas, dit solennellement le dodo en se levant

"তা হলে," ডোডো গম্ভীরভাবে উঠে দাঁড়াল

« Je vote pour l'ajournement de la séance »

"আমি ভোট দিচ্ছি যে সভা মূলতবি করা হোক"

« et je propose l'adoption immédiate de remèdes plus énergiques »

"এবং আমি আরও শক্তিশালী প্রতিকারের তাত্ক্ষণিক গ্রহণের প্রস্তাব করছি"

« Dis des paroles vraies ! » dit l'aiglon

ঈগল বলল, "আসল কথা বলো

« Je ne connais pas le sens de la moitié de ces longs mots »

"এই দীর্ঘ শব্দগুলির অর্ধেকের অর্থ আমি জানি না"

et, qui plus est, je ne crois pas que vous le sachiez non plus !

"আর কি, আমি বিশ্বাস করি না যে আপনিও জানেন!"

— Ce que j'allais dire, dit le dodo d'un ton offensé

"আমি যা বলতে যাচ্ছিলাম," ডোডো বিরক্তির সুরে বলল

« La meilleure chose à faire pour nous sécher serait une

"আমাদের শুকিয়ে যাওয়ার জন্য সেরা জিনিসটি একটি ককাস–রেস হবে"

« Qu'est-ce qu'une course de caucus ? » demanda Alice

"ককাস–রেস কী?" অ্যালিস বলল

« Eh bien, » dit le dodo, « la meilleure façon de l'expliquer, c'est de le faire »

"আচ্ছা," ডোডো বলল, "এটি ব্যাখ্যা করার সর্বোত্তম উপায় হ'ল এটি করা"

« D'abord, le dodo a tracé un parcours »

"প্রথমে ডোডো একটি রেস-কোর্স চিহ্নিত করেছে"

« La piste était dans une sorte de cercle »

"ট্র্যাকটি এক ধরণের বৃত্তের মধ্যে ছিল"

« Et puis tout le groupe a été placé le long du parcours »

"এবং তারপর সমস্ত পার্টি কোর্স বরাবর স্থাপন করা হয়েছিল"

« Il n'y avait pas de « Un, deux, trois et c'est parti ! »

'ওয়ান, টু, থ্রি অ্যান্ড অ্যাওয়ে' বলে কিছু ছিল না।

Mais ils ont commencé à courir quand ils voulaient

কিন্তু তারা যখন খুশি দৌড়াতে শুরু করে

et ils finissaient aussi quand ils le voulaient

আর যখন খুশি শেষ করলেন

Il n'était donc pas facile de savoir quand la course était terminée

তাই দৌড় কখন শেষ হয়ে গেছে তা জানা সহজ ছিল না

Après environ une demi-heure de course, ils étaient tous assez secs

প্রায় আধ ঘন্টা দৌড়ানোর পর তারা সবাই বেশ শুকনো হয়ে গেল

le dodo s'écria soudain : « La course est finie ! »

ডোডো হঠাৎ ডেকে উঠল, "দৌড় শেষ!"

Et ils se pressèrent tous autour du Dodo

আর তারা সবাই ডোডোর চারপাশে ভিড় করেছিল

Tous les animaux haletaient et soufflaient

সমস্ত প্রাণী হাঁপাচ্ছিল এবং ফুঁপিয়ে উঠছিল

et tous voulaient savoir : « Mais qui a gagné ? »

তারা সবাই জানতে চাইল, "কিন্তু কে জিতেছে?

Le dodo ne pouvait pas répondre immédiatement à cette question

এই প্রশ্নের তাৎক্ষণিক উত্তর দিতে পারেননি ডোডো

D'abord, il a dû beaucoup réfléchir

প্রথমে তাকে অনেক চিন্তাভাবনা করতে হয়েছে

Après mûre réflexion, le dodo finit par parler

অনেক চিন্তাভাবনার পর অবশেষে ডোডো কথা বলল

« Tout le monde a gagné, et tous doivent avoir des prix »

'সবাই জিতেছে, সবারই পুরস্কার থাকতে হবে'

« Mais qui doit donner les prix ? » demanda un chœur de voix

"কিন্তু পুরস্কার দেবে কে?" সমস্বরে জিজ্ঞেস করল সমস্বর

— Eh bien, elle, bien sûr, dit le dodo

"আচ্ছা, অবশ্যই," ডোডো বলল
et le dodo pointa d'un doigt vers Alice
এবং ডোডো এক আঙুল দিয়ে অ্যালিসের দিকে ইঙ্গিত করল
et toute la troupe des animaux se pressait autour d'elle
আর তার চারপাশে পশুপাখির পুরো দল ভিড় জমিয়েছে
ils ont crié, d'une manière confuse : « Des prix ! Des prix !
তারা বিভ্রান্ত ভঙ্গিতে চিৎকার করে উঠল, "পুরস্কার!
পুরস্কার!"
Alice n'avait aucune idée de ce qu'elle devait faire
অ্যালিসের কী করা উচিত সে সম্পর্কে কোনও ধারণা ছিল
না
Désespérée, elle mit la main dans sa poche
হতাশায় সে পকেটে হাত ঢুকিয়ে নিল
Et elle en sortit une boîte de bonbons
আর সে মিষ্টির বাক্স বের করল
Heureusement, l'eau salée n'était pas entrée dans la boîte
ভাগ্যিস নোনা-জল বাক্সে ঢোকেনি
et elle a distribué les bonbons comme prix
আর পুরস্কার হিসেবে মিষ্টিগুলো হাতে তুলে দিলেন
Il y avait exactement une pièce pour tout le monde
প্রত্যেকের জন্য ঠিক এক টুকরো ছিল
La prochaine chose qu'ils devaient faire était de manger les bonbons
এরপরে তাদের মিষ্টি খেতে হয়েছিল
Cela a causé du bruit et de la confusion
এতে কিছু গোলমাল ও বিভ্রান্তির সৃষ্টি হয়
Les grands oiseaux se plaignaient de ne pas pouvoir goûter leurs bonbons
বড় পাখিরা অভিযোগ করেছিল যে তারা তাদের মিষ্টির স্বাদ নিতে পারে না
Les petits s'étouffaient et devaient être tapotés dans le dos
ছোটদের দম বন্ধ হয়ে আসে এবং পিঠ চাপড়ে দিতে হয়
Cependant, c'était enfin fini

তবে শেষ পর্যন্ত তা শেষ হয়ে গেল

Et ils se rassirent en cercle

এবং তারা আবার একটি রিংয়ে বসে পড়ল

et ils supplièrent la souris de leur dire quelque chose de plus

এবং তারা ইঁদুরটিকে আরও কিছু বলার জন্য অনুরোধ করেছিল

— **Vous m'avez promis de me raconter votre histoire, vous savez, dit Alice**

"আপনি আমাকে আপনার ইতিহাস বলার প্রতিশ্রুতি দিয়েছিলেন, আপনি জানেন," অ্যালিস বলল

et elle fit une autre petite remarque sur les chats à voix basse

এবং সে ফিসফিস করে বিড়াল সম্পর্কে আরও একটি ছোট্ট মন্তব্য করেছিল

Elle ne voulait pas offenser à nouveau la souris

সে আর ইঁদুরটিকে অপমান করতে চায় না

la petite souris se tourna vers Alice et soupira

ছোট্ট ইঁদুরটি অ্যালিসের দিকে ফিরে দীর্ঘশ্বাস ফেলল

« Ma conte est long et triste ! »

"আমার একটি দীর্ঘ এবং দুঃখজনক গল্প!"

— **C'est une longue queue, certainement, dit Alice**

"এটি একটি দীর্ঘ লেজ, অবশ্যই," অ্যালিস বলল

et elle baissa les yeux avec étonnement sur la queue de la souris

আর সে অবাক হয়ে ইঁদুরের লেজের দিকে তাকিয়ে রইল

« **Mais pourquoi appelez-vous cela une queue triste ?** »

"কিন্তু এটাকে দুঃখের লেজ বলছেন কেন?"

Et elle n'arrêtait pas de s'interroger à ce sujet pendant que la souris parlait

এবং ইঁদুরটি যখন কথা বলছিল তখন সে এটি নিয়ে বিভ্রান্ত হতে থাকে

de sorte que son idée de l'histoire était quelque chose comme ceci

যাতে গল্প তার ধারণা এই মত কিছু ছিল

                    "Fury said to
                  a mouse, That
                he met in the
              house, 'Let
            us both go
          to law: *I*
          will prosecute
          you.—
              Come, I'll
            take no denial:
          We must have
        the trial;
      For really
    this morning
  I've
  nothing
  to do.'
    Said the
      mouse to
        the cur,
          'Such a
            trial, dear
              sir, With
                no jury
                  or judge,
                  would
                  be wasting
                our
              breath.'
            'I'll be
          judge,
        I'll be
      jury,'
    said
    cunning
      old
        Fury;
          'I'll
            try
              the
                whole
                  cause,
                  and
                  condemn
                you to
          death.'"

 Fury dit à une souris : Qu'il s'est rencontré dans la maison.
ফিউরি একটি ইঁদুরকে বলল, যে সে বাড়িতে দেখা
করেছিল"
Allons tous les deux en justice, je vous poursuivrai

আসুন আমরা উভয়ে আইনের শরণাপন্ন হই: আমি আপনার বিরুদ্ধে মামলা করব

Allons, je n'accepterai aucun démenti : il faut que nous fassions l'épreuve

আসুন, আমি অস্বীকার করব না: আমাদের অবশ্যই বিচার হতে হবে

Car vraiment ce matin je n'ai rien à faire

আজ সকালে আমার কিছু করার নেই

Dit la souris au maudit ;

ইঁদুর কুঁকড়ে বলল;

Un tel procès, cher monsieur, sans jury ni juge, nous ferait perdre notre souffle

প্রিয় জনাব, জুরি বা বিচারক না থাকলে এমন বিচার আমাদের দম নষ্ট করবে

« Je serai juge, je serai jury », dit le vieux rusé Fury

ধূর্ত বুড়ো ফিউরি বলল, "আমি বিচারক হব, আমি জুরি হব

Je vais juger toute la cause, et je vous condamnerai à mort

আমি পুরো কারণটির বিচার করব এবং আপনাকে মৃত্যুদণ্ডে দণ্ডিত করব

la souris parla sévèrement à Alice

ইঁদুরটি অ্যালিসের সাথে কড়া ভাষায় কথা বলল

« Tu ne fais pas attention ! »

"তুমি পাত্তা দিচ্ছ না!"

« À quoi pensez-vous ? »

"কি ভাবছিস?"

— Je vous demande pardon, dit Alice très humblement

"আমি আপনার ক্ষমা প্রার্থনা করছি," অ্যালিস খুব নম্রভাবে বলল

« Tu étais arrivé au cinquième virage, je crois ? »

"আপনি পঞ্চম বাঁকে পৌঁছেছেন, আমার মনে হয়?"

« Vous m'insultez en disant de telles bêtises ! »

"তুমি এমন বাজে কথা বলে আমাকে অপমান করছ!"
Et la souris se leva et s'éloigna
এবং ইঁদুরটি উঠে চলে গেল
Alice appela la petite souris
অ্যালিস ছোট্ট ইঁদুরের পরে ডাকল
« S'il vous plaît, revenez et terminez votre histoire ! »
"দয়া করে ফিরে আসুন এবং আপনার গল্পটি শেষ করুন!
Et les autres se joignirent tous en chœur
আর বাকিরা সবাই কোরাসে যোগ দিল
« Oui, s'il vous plaît, terminez votre histoire ! »
"হ্যাঁ, আপনার গল্প শেষ করুন!
Mais la souris se contenta de secouer la tête avec impatience
কিন্তু ইঁদুরটি শুধু অধৈর্য হয়ে মাথা নাড়ল
et la petite souris marchait un peu plus vite
আর ছোট্ট ইঁদুরটা একটু তাড়াতাড়ি হাঁটতে লাগল
« Je voudrais bien avoir Dinah, notre chat, ici ! » dit Alice
"আমি আশা করি আমার এখানে আমাদের বিড়াল দিনাহ
থাকত!" অ্যালিস বলল
Cela provoqua une sensation remarquable parmi le parti
এ নিয়ে দলের মধ্যে ব্যাপক চাঞ্চল্যের সৃষ্টি হয়
Quelques-uns des oiseaux se hâtèrent de s'éloigner
কিছু পাখি একবারে তাড়াহুড়ো করে চলে গেল
et un canari appela d'une voix tremblante ses enfants ;
এবং একটি ক্যানারি কাঁপা কাঁপা কণ্ঠে তার বাচ্চাদের
ডেকেছিল;
« Allez-vous-en, mes chères ! »
"চলে এসো, আমার প্রিয়তমা!"
« Il est grand temps que vous soyez tous au lit ! »
"তোমরা সবাই বিছানায় শুয়ে পড়ার সময় হয়ে গেছে!"
Avec diverses excuses, ils sont tous partis
নানা অজুহাতে তারা সবাই চলে গেল
et Alice se retrouva bientôt seule

এবং অ্যালিস শীঘ্রই একা হয়ে গেল

« J'aurais aimé ne pas avoir mentionné Dinah ! »

"আমি যদি দিনার কথা না বলতাম!"

« Personne n'a l'air de l'aimer ici »

"এখানে কেউ তাকে পছন্দ করে বলে মনে হয় না"

« Mais je suis sûr que c'est la meilleure chatte du monde ! »

কিন্তু আমি নিশ্চিত সে বিশ্বের সেরা বিড়াল!

La pauvre Alice se remit à pleurer

বেচারা অ্যালিস আবার কাঁদতে শুরু করল

parce qu'elle se sentait très seule et déprimée

কারণ তিনি খুব একাকী এবং নিম্ন-উৎসাহী বোধ করেছিলেন

Au bout de peu de temps, cependant, elle entendit de nouveau quelque chose

কিন্তু কিছুক্ষণ পর আবার কিছু একটা শুনতে পেল সে

un petit bruit de pas au loin

দূরে পায়ের আওয়াজ

et elle leva les yeux avec impatience

এবং তিনি অধীর আগ্রহে তাকালেন

Le lapin envoie le petit M. Bill
থরগোশ ছোট্ট মিঃ বিলকে পাঠায়

C'était le lapin blanc, qui revenait lentement au trot

সাদা থরগোশটা আস্তে আস্তে আবার পেছনে ছুটতে লাগল

Il regardait anxieusement autour de lui en chemin

যেতে যেতে উদ্বিগ্ন চোখে এদিক ওদিক তাকাচ্ছিল

Il avait l'air d'avoir perdu quelque chose

তাকে দেখে মনে হচ্ছিল যেন সে কিছু হারিয়েছে

Alice l'entendit marmonner pour lui-même

অ্যালিস শুনতে পেল সে নিজের সাথে বিড়বিড় করছে

— La duchesse ! La Duchesse ! Oh, mes chères pattes !

"ডাচেস! ডাচেস! ওহ, আমার প্রিয় থাবা!"

« Oh, ma fourrure et mes moustaches ! »

"ওহ, আমার পশম এবং গোঁফ!"

« Elle va me faire exécuter, j'en suis sûr »

'সে আমার মৃত্যুদণ্ড কার্যকর করবে, এ ব্যাপারে আমি নিশ্চিত

« Aussi sûr que les furets sont des furets ! »

"ফেরেট যেমন ফেরেট তেমনি নিশ্চিত!"

« Où ai-je pu laisser tomber mes affaires, je me demande ? »

"আমি আমার জিনিসপত্র কোথায় ফেলে যেতে পারি, আমি ভাবছি?"

Alice devina en un instant ce qu'il cherchait

অ্যালিস এক মুহূর্তের মধ্যে অনুমান করেছিল যে সে কী খুঁজছে

Il cherchait l'éventail de plumes

তিনি পালক পাখা খুঁজছিলেন

et il cherchait la paire de gants blancs

এবং তিনি সাদা গ্লাভস জোড়া খুঁজছিলেন

Elle se mit donc très gentiment à chercher les gants

তাই তিনি খুব সদালাপী হয়ে গ্লাভস খুঁজতে শুরু করলেন

Et elle chercha aussi l'éventail de plumes

এবং তিনি পালক পাখা খুঁজেছিলেন

Mais les gants et l'éventail de plumes étaient introuvables

কিন্তু গ্লাভস আর পালকের পাখা কোথাও দেখা গেল না

Tout semblait avoir changé depuis sa baignade dans la piscine

পুলে সাঁতার কাটার পর থেকে সবকিছু বদলে গেছে বলে মনে হচ্ছিল

Rien n'était pareil depuis qu'elle était dans la grande salle

গ্রেট হলে থাকার পর থেকে কিছুই আগের মতো নেই

et la table de verre avait disparu

আর কাচের টেবিলটা উধাও হয়ে গেল

Et la petite porte n'était pas là non plus

ছোট্ট দরজাটাও ওখানে ছিল না

Très vite, le lapin remarqua Alice

খুব শীঘ্রই থরগোশটি অ্যালিসকে লক্ষ্য করল

Il l'appela d'un ton furieux

তিনি রাগান্বিত সুরে তাকে ডাকলেন

« Mary Ann, que fais-tu ici ? »

"মেরি অ্যান, তুমি এখানে কী করছ?

« Rentre chez toi à l'instant même »

"এই মুহূর্তে বাড়ি পালাও"

« Et apporte-moi une paire de gants et un éventail de plumes ! »

"আর আমার জন্য এক জোড়া গ্লাভস আর একটা পালকের পাখা নিয়ে এসো!"

« Et faites vite ! »

"আর তাড়াতাড়ি কর!"

Alice se parlait à elle-même en s'enfuyant

অ্যালিস দৌড়ে যাওয়ার সময় নিজের সাথে কথা বলল

— Il a dû me prendre pour sa femme de chambre !

"সে নিশ্চয়ই আমাকে তার গৃহকর্মী ভেবে ভুল করেছে!"

« Comme il sera surpris quand il découvrira qui je suis ! »

"সে যখন জানতে পারবে আমি কে, তখন সে কতই না অবাক হবে!"

En disant cela, elle tomba sur une petite maison soignée

এই বলিয়া সে একটা পরিষ্কন্ন ছোট্ট ঘর দেখিতে পাইল

Sur la porte de la maison se trouvait une plaque de laiton brillant

বাড়ির দরজায় একটা উজ্জ্বল পিতলের থালা ছিল

« W. LAPIN »

"ডব্লিউ থরগোশ"

Elle entra sans frapper à la porte

দরজায় নক না করেই ভেতরে ঢুকে গেল সে

et elle se hâta de monter l'escalier

এবং সে তাড়াতাড়ি সোজা উপরে চলে গেল

elle craignait de rencontrer la vraie Mary Ann

তিনি চিন্তিত যে তিনি আসল মেরি অ্যানের সাথে দেখা করতে পারেন

parce qu'alors elle serait chassée de la maison

কারণ তখন তাকে বাড়ি থেকে বের করে দেওয়া হবে

et elle ne pourrait pas trouver l'éventail de plumes et les gants

এবং সে পালক পাখা এবং গ্লাভস খুঁজে পেতে সক্ষম হবে

না

Alice s'était frayé un chemin dans une petite pièce bien rangée

অ্যালিস একটা পরিপাটি ছোট্ট ঘরে ঢুকে পড়েছিল

Dans la pièce, il y avait une table près de la fenêtre

ঘরে জানালার পাশে একটা টেবিল ছিল

et sur la table, il y avait un éventail de plumes

আর টেবিলের ওপর ছিল পালকের পাখা

et il y avait deux ou trois paires de petits gants blancs

আর দু-তিন জোড়া ছোট ছোট সাদা গ্লাভস ছিল

Elle ramassa l'éventail en plumes et une paire de gants

সে পালকের পাখা আর একজোড়া গ্লাভস তুলে নিল

et elle allait quitter la pièce

এবং তিনি সবে ঘর থেকে বেরিয়ে যেতে চেয়েছিলেন

mais alors ses yeux tombèrent sur une petite bouteille

কিন্তু তখনই তার চোখ পড়ল একটা ছোট্ট বোতলের ওপর

Elle déboucha la bouteille et la porta à ses lèvres

বোতলটা খুলে ঠোঁটের কাছে রাখল

« J'espère que cela me fera redevenir grand »

"আমি আশা করি এটি আমাকে আবার বড় করে তুলবে"

« J'en ai marre d'être une toute petite chose ! »

"এত ছোট জিনিস হতে থাকতে আমি ক্লান্ত!"

Alice avait à peine bu la moitié de la bouteille

অ্যালিস খুব কমই অর্ধেক বোতল পান করেছিল

Sa tête était déjà appuyée contre le plafond

তার মাথাটা ততক্ষণে সিলিংয়ের সাথে চেপে বসেছে

et elle dut se baisser

এবং তাকে নিচে নামতে হয়েছিল

pour sauver son cou d'être brisé

তার ঘাড় ভাঙ্গা থেকে বাঁচাতে

Elle posa précipitamment la bouteille

সে তাড়াতাড়ি বোতলটা নামিয়ে রাখল

« C'est bien assez »

"এটাই যথেষ্ট"

« J'espère que je ne grandirai plus »

'আশা করি আর বড় হবো না

Hélas! Il était trop tard pour souhaiter cela !

হায়! ইচ্ছে করতেই অনেক দেরি হয়ে গেল!

Elle n'a cessé de grandir

সে বাড়তে লাগল এবং বাড়তে লাগল

et très vite elle dut s'agenouiller sur le sol

এবং খুব শীঘ্রই তাকে মেঝেতে হাঁটু গেড়ে বসতে হয়েছিল

Et même alors, elle a continué à grandir

তারপরও সে বাড়তে থাকে

Comme dernière ressource, elle passa un bras par la fenêtre

শেষ ভরসা হিসেবে সে জানালার বাইরে একটা হাত রাখল

et elle mit un pied dans la cheminée

এবং সে চিমনির উপরে এক পা রাখল

« Maintenant, je ne peux plus faire, quoi qu'il arrive »

'এখন আর পারছি না, যাই ঘটুক না কেন'

« Que vais-je devenir ? »

"আমার কী হবে?"

Alice a eu un peu de chance

অ্যালিসের ভাগ্য সহায় ছিল

La petite bouteille magique avait fait son plein effet

ছোট্ট জাদুর বোতলটি তার পুরো প্রভাব ফেলেছিল

et Alice ne grandit pas plus qu'elle n'était

এবং অ্যালিস তার চেয়ে বড় হয়ে ওঠেনি

Au bout de quelques minutes, elle entendit une voix à l'extérieur

কিছুক্ষণ পর তিনি বাইরে একটি কণ্ঠস্বর শুনতে পেলেন

et elle s'arrêta pour écouter la voix

আর গলার আওয়াজ শুনতে শুনতে থমকে দাঁড়াল সে

« Mary Ann ! Mary Ann ! dit la voix

"মেরি অ্যান! মেরি অ্যান!" কণ্ঠস্বর বলে উঠল

« Apporte-moi mes gants tout de suite ! »

"এই মুহূর্তে আমার গ্লাভস এনে দাও!"

Puis vint un petit claquement de pieds dans l'escalier

তারপর সিঁড়িতে একটু পায়ের আওয়াজ এল

Alice savait que c'était le lapin qui venait la chercher

অ্যালিস জানত যে থরগোশটি তাকে খুঁজতে আসছে

et elle trembla jusqu'à faire trembler la maison

আর সে কাঁপতে কাঁপতে বাড়িটা কাঁপতে লাগল

elle oublia tout à fait quelles étaient ses proportions

তিনি বেশ ভুলে গিয়েছিলেন যে তার অনুপাত কী ছিল

Elle était mille fois plus grosse que le lapin

সে থরগোশের চেয়ে হাজার গুণ বড় ছিল

et elle n'avait aucune raison d'avoir peur d'un lapin

আর থরগোশকে ভয় পাওয়ার কোনো কারণ ছিল না তার

Bientôt le lapin s'approcha de la porte

এবার থরগোশটা দরজার কাছে এসে দাঁড়াল

et le petit lapin essaya d'ouvrir la porte

আর ছোট্ট থরগোশটা দরজা খোলার চেষ্টা করল

La porte a commencé à s'ouvrir vers l'intérieur

দরজা ভিতরের দিকে খুলতে শুরু করল

mais le coude d'Alice était fortement appuyé contre la porte

কিন্তু অ্যালিসের কনুই দরজার সাথে সজোরে চাপ দেওয়া হয়েছিল

Cette tentative s'est avérée un échec

সেই চেষ্টা ব্যর্থ প্রমাণিত হয়েছিল

Alice entendit le lapin se parler à lui-même

অ্যালিস খরগোশটিকে নিজের সাথে কথা বলতে শুনল

« Ensuite, je vais faire le tour et entrer par la fenêtre »

"তাহলে আমি ঘুরে ঘুরে জানালা দিয়ে ঢুকব"

« Que tu ne le feras pas ! » pensa Alice

"যে তুমি করবে না!" অ্যালিস ভেবেছিল

Et elle attendit encore un peu

সে আবার একটু অপেক্ষা করল

Bientôt, elle entendit le lapin juste sous la fenêtre

একটু পরেই জানালার নিচে খরগোশের ডাক শুনতে পেল সে

Elle étendit soudain la main

সে হঠাৎ তার হাত ছড়িয়ে দিল

et elle fit une prise en l'air

এবং তিনি বাতাসে একটি ছিনতাই করেছিলেন

Elle n'a rien attrapé

তিনি কিছুই ধরতে পারেননি

mais elle entendit un petit cri et une chute

কিন্তু সে একটু চিৎকার আর পতনের শব্দ শুনতে পেল

et elle entendit un fracas de verre brisé

এবং সে ভাঙা কাচের আছড়ে পড়ার শব্দ শুনতে পেল

Peut-être le lapin était-il tombé

সম্ভবত খরগোশটি পড়ে গিয়েছিল

Peut-être était-il dans une serre

তিনি হয়তো গ্রিন-হাউসে ছিলেন

Puis vint une voix en colère ; La voix du lapin

এরপরই ভেসে আসে ক্রুদ্ধ কণ্ঠস্বর; খরগোশের কণ্ঠ

« Pat, où es-tu ? »

"প্যাট, তুমি কোথায়?"

Et puis vint une voix qu'elle n'avait jamais entendue auparavant

এবং তারপর এমন একটি কন্ঠস্বর এল যা সে আগে কখনও শোনেনি

« Votre honneur, je suis là ! »

"ইয়োর অনার, আমি এখানে!"

« Je creuse pour trouver des pommes »

"আমি আপেল জন্য থনন করছি"

« Ici ! Venez m'aider à m'en sortir !

"এই যে! আসুন এবং আমাকে এই থেকে মুক্তি দিন!"

« Maintenant, dis-moi, Pat, qu'est-ce qu'il y a dans la fenêtre ? »

"এবার বলো প্যাট, জানালায় ওটা কী?"

« Bien sûr, Votre Honneur, je vais vous le dire »

"অবশ্যই, ইয়োর অনার, আমি আপনাকে বলব"

« C'est un bras qui est dans la fenêtre ! »

"এটা একটা হাত যা জানালায় আছে!"

« Eh bien, un bras n'a rien à faire là-bas »

"আচ্ছা, একটা হাতের ওখানে কোনো কাজ নেই"

« Va et enlève le bras ! »

"যাও, হাতটা নিয়ে যাও!"

Il y eut un long silence après cela

এর পর দীর্ঘ নীরবতা বিরাজ করে

et Alice n'entendait que des chuchotements de temps en temps

এবং অ্যালিস কেবল মাঝে মাঝে ফিসফিস শুনতে পাচ্ছিল

et enfin elle étendit de nouveau la main

অবশেষে সে আবার হাত বাড়িয়ে দিল

et elle fit une autre arrachée dans les airs

এবং সে বাতাসে আরও একটি ছিনতাই করেছিল

Cette fois, il y eut deux petits cris

এবার দুটো ছোট চিৎকার শোনা গেল

et il y avait d'autres bruits de verre brisé

আরও ভাঙা কাঁচের শব্দ শোনা গেল

« Je me demande ce qu'ils vont faire ensuite ! » pensa Alice

"আমি ভাবছি তারা এর পরে কী করবে!" অ্যালিস ভেবেছিল

« J'aimerais qu'ils me tirent par la fenêtre »

"আমি আশা করি তারা আমাকে জানালা দিয়ে টেনে তুলবে"

Elle attendit un certain temps

সে কিছুক্ষণ অপেক্ষা করল

Mais pendant un moment, elle n'entendit plus rien

কিন্তু কিছুক্ষণ সে আর কিছু শুনতে পেল না

Enfin, il y eut un grondement de petites roues

অবশেষে ছোট ছোট চাকার গুঞ্জন শোনা গেল

et il y eut le son d'un bon nombre de voix

এবং সেখানে অনেক ভাল কন্ঠস্বর শোনা গেল

Toutes les voix parlaient ensemble

সব কন্ঠ একসঙ্গে কথা বলছিল

Elle pouvait distinguer certaines des paroles

তিনি কিছু শব্দ বের করতে পারতেন

« Où est l'autre échelle ? »

"অন্য সিঁড়িটা কোথায়?"

« Bill a l'autre échelle »

"বিল অন্য সিঁড়ি পেয়েছে"

« Bill, viens ici ! »

"বিল, এদিকে এসো!

« Le toit va-t-il supporter le fardeau ? »

"ছাদ কি ভার বহন করবে?"

« Qui veut descendre par la cheminée ? »

"কে চিমনি দিয়ে নামতে চায়?"

— Non, je ne le ferai pas ! Vous le faites !

"না, আমি যাব না! তুই করবি!"

« Tiens, Bill ! »

"এই যে বিল!"

« Le maître dit qu'il faut descendre par la cheminée ! »

"মাস্টারমশাই বলছেন চিমনি দিয়ে নামতে হবে!"

Alice descendit son pied aussi loin qu'elle le put dans la cheminée

অ্যালিস তার পা যতটা সম্ভব চিমনি থেকে নামিয়ে আনল

Et puis elle attendit de voir ce qui allait arriver

তারপর অপেক্ষা করতে লাগল কি আসছে দেখার জন্য

Elle entendit un petit animal gratter et se débattre

সে শুনতে পেল একটা ছোট্ট জন্তু আঁচড়াচ্ছে আর কিচিরমিচির করছে

Le petit animal doit être dans la cheminée

ছোট্ট প্রাণীটি অবশ্যই চিমনিতে থাকতে হবে

Puis elle donna un coup de pied sec

তারপর একটা ধারালো লাথি মারল

et elle attendit de voir ce qui allait se passer ensuite

এরপর কী হয় তা দেখার জন্য তিনি অপেক্ষা করতে লাগলেন

Elle entendit un chœur général de voix

সে শুনতে পেল একটি সাধারণ কোরাস কন্ঠস্বর

« Voilà Bill ! » dirent-ils tous

"এই যে বিল!" সবাই বলে উঠল

Puis elle entendit la voix du lapin seule

তারপর একা একা খরগোশের গলা শুনতে পেল

« Toi par la haie, attrape-le ! »

"তুই ঝোপের ধারে, ওকে ধর!"

Il y eut un autre moment de silence

আরেক মুহূর্তের নীরবতা বিরাজ করল

Et puis il y eut une autre confusion de voix

আর তখনই কন্ঠস্বরের আরেক বিভ্রান্তি দেখা দিল

« Lève la tête, Brandy »

"মাথা উঁচু করে দাঁড়াও, ব্র্যান্ডি"

« Attention à ne pas l'étouffer »

'সাবধানে থেকো যেন তার গলা টিপে না ধরে'

« Qu'est-ce qui t'est arrivé ? »

"কি হয়েছে তোমার?"

Enfin, une petite voix faible et grinçante est apparue

শেষের দিকে একটু ক্ষীণ, চাপা কর্ণস্বর ভেসে এল

« Eh bien, je n'en sais presque pas plus »

"আচ্ছা, আমি আর জানি না"

« merci à tous, je vais mieux maintenant »

'সবাইকে ধন্যবাদ, আমি এখন ভালো আছি'

« il y a une chose dont je peux me souvenir »

"একটা জিনিস আমি মনে করতে পারি"

« Quelque chose vient à moi comme un train dans un tunnel »

"সুড়ঙ্গের মধ্যে ট্রেনের মতো কিছু আমার দিকে আসে"

« Et je vole comme une fusée ! »

"আর আমি আকাশ-রকেটের মতো উড়ছি!"

Il y eut une minute ou deux de silence

সেখানে দু-এক মিনিট নীরবতা বিরাজ করে

puis ils ont recommencé à se déplacer

তারপর তারা আবার নড়াচড়া শুরু করে

et Alice entendit de nouveau le Lapin parler

এবং অ্যালিস আবার খরগোশের কথা শুনতে পেল

« Une brouette fera l'affaire, pour commencer »

"একটি ব্যারো উইল করবে, শুরু করার জন্য"

« Une brouette pleine de quoi ? » pensa Alice

"কিসের বারো?" অ্যালিস ভাবল

Mais elle ne fut pas tenue en suspens longtemps

কিন্তু তাকে বেশিক্ষণ সাসপেন্সে রাখা হয়নি

Une pluie de petits cailloux est passée par la fenêtre

জানালা দিয়ে ছোট ছোট নুড়ি পাথরের বৃষ্টি ভেসে আসছে

et quelques petits cailloux l'ont frappée au visage

আর কিছু ছোট ছোট নুড়ি পাথর তার মুখে আঘাত করে

Alice fut surprise par les petits cailloux

অ্যালিস ছোট ছোট নুড়ি পাথর দেখে অবাক হয়েছিল

Tous les petits cailloux se transformaient en gâteaux

ছোট ছোট সব নুড়ি পাথর কেকে পরিণত হচ্ছিল

et une idée lumineuse lui vint à l'esprit

এবং তার মাথায় একটি উজ্জ্বল ধারণা এসেছিল

« Je devrais manger un de ces gâteaux »

"আমার এই কেকগুলির মধ্যে একটি থাওয়া উচিত"

« Le gâteau ne manquera pas de faire changer ma taille »

"কেক আমার আকারে কিছু পরিবর্তন আনতে নিশ্চিত"

Alors elle a avalé l'un des gâteaux

তাই সে একটা কেক গিলে ফেলল

et elle fut ravie de constater qu'elle commençait à rétrécir

এবং তিনি সঙ্কুচিত হতে শুরু করেছেন তা জানতে পেরে তিনি আনন্দিত হয়েছিলেন

Bientôt, elle fut assez petite pour franchir la porte

কিছুক্ষণের মধ্যেই সে দরজা দিয়ে ঢোকার জন্য যথেষ্ট ছোট হয়ে গেল

Elle s'est enfuie de la maison

সে তো বাড়ি থেকে পালিয়ে গেল

Une foule de petits animaux et d'oiseaux attendaient dehors

বাইরে অপেক্ষা করছিল ছোট ছোট পশু-পাখির ভিড়

tous les petits oiseaux et les petits animaux se précipitèrent sur Alice

সব ছোট ছোট পাখি আর পশুপাখি ছুটে এল অ্যালিসের দিকে

Mais elle s'enfuit aussi vite qu'elle le put

কিন্তু সে যত দ্রুত সম্ভব দৌড়ে পালিয়ে গেল

et bientôt elle se trouva en sécurité dans un bois épais

এবং শীঘ্রই তিনি নিজেকে একটি ঘন কাঠের মধ্যে নিরাপদ খুঁজে পেলেন

Alice errait dans les bois

অ্যালিস জঙ্গলে ঘুরে বেড়াচ্ছিল

Et elle pensa en elle-même :

এবং তিনি মনে মনে ভাবলেন:

« Je sais ce que je dois faire en premier »

'আমি জানি আগে আমাকে কী করতে হবে'

« Je dois d'abord grandir à ma bonne taille »

"প্রথমে আমাকে আবার আমার সঠিক আকারে বাড়তে হবে"

« et puis je dois trouver mon chemin dans ce joli jardin »

"এবং তারপরে আমাকে সেই সুন্দর বাগানে আমার পথ খুঁজে বের করতে হবে"

« Je suppose que je devrais manger ou boire quelque chose ou autre »

"আমার মনে হয় আমার কিছু খাওয়া বা পান করা উচিত"

« Mais la question est de savoir ce que je dois manger ou boire ? »

কিন্তু প্রশ্ন হচ্ছে, আমি কী খাব বা পান করব?

Alice regarda tout autour d'elle les fleurs

অ্যালিস তার চারপাশে ফুলের দিকে তাকাল

et elle regarda à travers les brins d'herbe

আর সে ঘাসের ফাঁক দিয়ে তাকিয়ে রইল

mais elle ne voyait rien à manger ni à boire

কিন্তু খাওয়া-দাওয়া করার মতো কিছুই চোখে পড়ল না

Rien ne semblait être la bonne chose à manger ou à boire

খাওয়া বা পান করার জন্য কিছুই সঠিক জিনিস বলে মনে হয়নি

Il y avait un gros champignon qui poussait près d'elle

তার পাশেই একটা বড় মাশরুম জন্মেছিল

le champignon était à peu près de la même taille qu'Alice

মাশরুমের উচ্চতা ছিল অ্যালিসের সমান

Elle s'étira sur la pointe des pieds

পায়ের আঙুলের উপর ভর দিয়ে নিজেকে প্রসারিত করল

সে

Et elle jeta un coup d'œil par-dessus le bord du champignon

এবং সে মাশরুমের প্রান্তে উঁকি দিল

Ses yeux rencontrèrent immédiatement les yeux d'une grande chenille bleue

তার চোখ তৎক্ষণাৎ একটি বড় নীল শুঁয়োপোকার চোখের সাথে মিলিত হয়েছিল

La chenille était assise sur le sommet du champignon

শুঁয়োপোকা মাশরুমের উপরে বসে ছিল

et la chenille avait croisé tous ses bras

এবং শুঁয়োপোকা তার সমস্ত বাহু অতিক্রম করেছিল

et il fumait tranquillement un long narguilé

আর সে চুপচাপ একটা লম্বা হুক্কা ফুঁকছিল

et il ne faisait pas la moindre attention à rien

এবং তিনি কোন কিছুর বিন্দুমাত্র খেয়াল করেননি

et il n'a certainement pas fait attention à Alice

এবং তিনি অবশ্যই অ্যালিসের দিকে মনোযোগ দেননি

Les conseils d'une chenille

একটি শুঁয়োপোকা থেকে পরামর্শ

Finalement, la chenille a retiré le narguilé de sa bouche

অবশেষে শুঁয়োপোকা মুখ থেকে হুক্কাটা বের করল

et il s'adressa à Alice d'une voix languissante et endormie

এবং তিনি অ্যালিসকে একটি নিদ্রালু, ঘুমন্ত কন্ঠে সম্বোধন করেছিলেন

« Qui es-tu ? » demanda la chenille

"তুমি কে?" শুঁয়োপোকা বলল

Alice a répondu, plutôt timidement : « Je sais à peine, monsieur. »

অ্যালিস বরং লাজুকভাবে জবাব দিল, "আমি খুব কমই জানি, স্যার"

« Juste pour le moment, c'est un peu... »

"এই মুহূর্তে সবই একটু..."

« Je sais qui j'étais quand je me suis levé ce matin" »

"আমি জানি আমি কে ছিলাম যখন আমি সকালে উঠেছিলাম"

« mais je pense que j'ai dû changer plusieurs fois depuis »

"কিন্তু আমার মনে হয় আমি নিশ্চয়ই তখন থেকে বেশ কয়েকবার বদলেছি"

« Qu'est-ce que tu veux dire par là ? » dit la chenille

"এর দ্বারা আপনি কী বোঝাতে চাইছেন?" শুঁয়োপোকা বলল

sévèrement, la chenille lui demanda de s'expliquer

কড়া গলায় শুঁয়োপোকা তাকে নিজের ব্যাখ্যা দিতে বলল

— Je ne peux pas m'expliquer, j'en ai peur, monsieur, dit Alice

"আমি নিজেকে ব্যাখ্যা করতে পারি না, আমি ভয় পাচ্ছি, স্যার," অ্যালিস বলল

« parce que je ne suis pas moi-même »

'কারণ আমি নিজে নই'

« Vous voyez, être de tant de tailles différentes en une journée, c'est très déroutant »

"আপনি দেখুন, একদিনে এতগুলি বিভিন্ন আকার হওয়া খুব বিভ্রান্তিকর"

Elle se redressa et dit très gravement :

সে নিজেকে সামলে নিয়ে খুব গম্ভীর গলায় বলল:

« Je pense que tu devrais me dire qui tu es, en premier »

"আমার মনে হয় তোমার আগে আমাকে বলা উচিত তুমি কে"

« Pourquoi ? » demanda la chenille

"কেন?" শুঁয়োপোকা বলল

Alice ne voyait aucune bonne raison

অ্যালিস কোনো সঙ্গত কারণ ভাবতে পারছিল না

et la chenille semblait être dans un état d'esprit très désagréable

এবং শুঁয়োপোকা মনের খুব অপ্রীতিকর অবস্থায় ছিল বলে মনে হয়েছিল

alors elle s'en retourna

তাই সে মুখ ফিরিয়ে নিল

« Reviens ! » la chenille l'appela

"ফিরে এসো!" শুঁয়োপোকা তার পরে ডাকল

« J'ai quelque chose d'important à dire ! »

"আমার কিছু জরুরি কথা আছে।"

Alice se retourna et revint

অ্যালিস ঘুরে দাঁড়াল এবং আবার ফিরে এল

« Garde ton sang-froid », dit la chenille

"মেজাজ ধরে রাখো," শুঁয়োপোকা বলল

— C'est tout ? dit Alice

"শুধু এটুকুই?" অ্যালিস বলল

Et elle ravala sa colère de son mieux

এবং সে তার রাগটি যথাসম্ভব ভালভাবে গিলে ফেলল

« Non, » dit la chenille

"না," শুঁয়োপোকা বলল

La chenille déplia ses bras

শুঁয়োপোকা তার বাহু উন্মোচন করল

Et il retira le narguilé de sa bouche

এবং তিনি আবার মুখ থেকে হুক্কা বের করলেন

et il a dit : « Vous pensez donc que vous avez changé, n'est-ce pas ? »

তিনি বললেন, "তাহলে আপনি মনে করেন আপনি পরিবর্তিত হয়েছেন, তাই না?"

— J'ai peur, je suis changée, monsieur, dit Alice

"আমি ভয় পাচ্ছি, আমি পরিবর্তিত হয়েছি, স্যার," অ্যালিস বলল

« Je ne me souviens plus des choses comme je m'en souvenais »

"আমি জিনিসগুলি যেভাবে মনে রাখতাম সেগুলি আমি মনে রাখতে পারি না"

« et je ne reste pas plus de dix minutes de la même taille ! »

"এবং আমি দশ মিনিটের বেশি একই আকারে থাকি না!"

« Quelle taille veux-tu faire ? » demanda la chenille

"আপনি কোন আকারের হতে চান?" শুঁয়োপোকা জিজ্ঞাসা

করলেন

— Oh, ma taille ne me dérange pas particulièrement, répondit vivement Alice

"ওহ, আমি কোন আকারের তা নিয়ে আমি বিশেষ কিছু মনে করি না," অ্যালিস তাড়াতাড়ি জবাব দিল

« Je n'aime pas changer de taille si souvent, vous savez »

"আমি ঘন ঘন আকার পরিবর্তন করতে পছন্দ করি না, আপনি জানেন"

« J'aimerais être un peu plus grand, monsieur »

"আমি আরেকটু বড় হতে চাই, স্যার"

— Si cela ne vous dérange pas, ajouta Alice

"যদি আপনি কিছু মনে না করেন," অ্যালিস যোগ করলেন

« Dix centimètres, c'est une taille si misérable »

"দশ সেন্টিমিটার এত থারাপ উচ্চতা"

« C'est une très bonne hauteur en effet ! » dit la chenille avec colère

শুঁয়োপোকা রাগান্বিত হয়ে বলল, "এটা সত্যিই খুব ভাল উচ্চতা !"

et il se redressa tout en parlant

আর কথা বলতে বলতে সোজা হয়ে দাঁড়ালেন

Il mesurait exactement dix centimètres de haut

তার উচ্চতা ছিল ঠিক দশ সেন্টিমিটার

Au bout d'une minute ou deux, la chenille s'est détachée du champignon

দু–এক মিনিটের মধ্যে শুঁয়োপোকা মাশরুম থেকে নেমে গেল

et il s'enfonça en rampant dans l'herbe

আর সে হামাগুড়ি দিয়ে ঘাসের মধ্যে চলে গেল

En s'éloignant, il fit quelques petites remarques

চলে যাওয়ার সময় ছোটখাটো কিছু মন্তব্য করলেন

« Un côté vous fera grandir »

'একপাশ আপনাকে লম্বা করে তুলবে'

« Et l'autre côté te fera rapetisser »

"আর অপর পক্ষ তোমাকে খাটো করে তুলবে"

« Un côté de quoi ? » pensa Alice en elle-même

"কিসের একপাশ?" অ্যালিস মনে মনে ভাবল

« L'autre côté de quoi ? »

"কিসের অন্য পিঠ?"

« Le côté du champignon », dit la chenille

"মাশরুমের পাশ," শুঁয়োপোকা বলল

C'était comme si elle avait posé sa question à haute voix

যেন সে তার প্রশ্নটা জোরে জোরে জিজ্ঞেস করল

et un instant plus tard, il fut hors de vue

আর কিছুক্ষণের মধ্যেই তিনি দৃষ্টিসীমার বাইরে চলে গেলেন

Alice resta pensivement à regarder le champignon

অ্যালিস মাশরুমের দিকে চিন্তিতভাবে তাকিয়ে রইল

Elle essayait de distinguer quels étaient les deux côtés du champignon

সে বোঝার চেষ্টা করছিল মাশরুমের দুটো দিক কোনটা

Enfin, elle étendit ses bras autour du champignon

অবশেষে সে মাশরুমের চারপাশে তার হাত প্রসারিত করল

Et elle cassa un peu les bords

এবং তিনি প্রান্তের কিছুটা ভেঙে ফেলেছিলেন

« Et maintenant, de quel côté est-ce ? » se dit-elle

"আর এখন, কোন পক্ষ?" সে মনে মনে বলল

et elle grignota un peu du mors de la main droite

আর ডান হাতের কামড়টা একটু কামড়ে ধরল

L'instant d'après, elle sentit un violent coup sous son menton

পরক্ষণেই থুতনির নিচে প্রচণ্ড আঘাত অনুভব করল সে

Son menton avait heurté son pied !

তার চিবুক তার পায়ে আঘাত করেছিল!

Elle fut bien effrayée par ce changement très soudain

এই আকস্মিক পরিবর্তনে তিনি বেশ ভয় পেয়েছিলেন

Elle rétrécissait très rapidement

সে খুব দ্রুত সঙ্কুচিত হচ্ছিল

Alors elle a rapidement mangé un peu de l'autre morceau de champignon

তাই সে তাড়াতাড়ি অন্য কিছু মাশরুম খেয়ে ফেলল

Son menton était très serré contre son pied

তার চিবুকটি তার পায়ের সাথে খুব ঘনিষ্ঠভাবে চেপে ছিল

Il y avait à peine de la place pour ouvrir la bouche

মুখ খোলার জায়গা ছিল না বললেই চলেছিল

mais elle parvint enfin à ouvrir la bouche

কিন্তু শেষ পর্যন্ত মুখ খুলতে পেরেছেন তিনি

et elle avala un morceau du mors de la main gauche

আর বাঁ হাতের এক টুকরো ঢোক গিলে ফেলল

« Ma tête a enfin été libérée ! » dit Alice

"অবশেষে আমার মাথা মুক্ত হয়েছে!" অ্যালিস বলল

Elle baissa les yeux sur elle-même

সে নিজের দিকে তাকাল

mais tout ce qu'elle pouvait voir, c'était une immense longueur de cou

কিন্তু সে শুধু দেখতে পাচ্ছিল ঘাড়ের দৈর্ঘ্য

Son cou semblait se dresser comme une tige

তার ধোনটা যেন ডাঁটার মতো উঠে গেছে

et elle baissa les yeux sur une mer de feuilles vertes

আর সবুজ পাতার সমুদ্রের দিকে তাকিয়ে রইল সে

« Où sont passées mes épaules ? »

"আমার কাঁধ কোথায় পৌঁছেছে?"

« Et oh, mes pauvres mains, comment se fait-il que je ne puisse pas vous voir ? »

"আর ওহ, আমার দরিদ্র হাত, আমি তোমাকে দেখতে পাচ্ছি না কেন?"

Mais son cou avait un avantage

তবে তার ঘাড়ের একটা সুবিধা ছিল

Elle pouvait bouger la tête dans n'importe quelle direction

সে যে কোনও দিকে মাথা নাড়াতে পারে

En fait, elle était comme un serpent

আসলে, তিনি ঠিক একটি সাপের মতো ছিলেন

Elle zigzague gracieusement, la tête baissée

সে সন্তর্পণে মাথা নিচু করল

et elle remua la tête à travers les arbres

আর গাছের ফাঁক দিয়ে মাথা নাড়তে লাগল

Mais elle entendit alors un sifflement aigu

কিন্তু তখনই সে একটা তীক্ষ্ণ হিস হিস শব্দ শুনতে পেল

Et elle tira rapidement la tête en arrière

তাড়াতাড়ি মাথাটা পেছনে টেনে নিল

Un gros pigeon lui avait volé au visage

একটা বড় কবুতর উড়ে গেল তার মুখের দিকে

et le pigeon était violemment avec ses ailes

আর কবুতর তার ডানা দিয়ে হিংস্রভাবে ছিল

« Serpent ! » cria le pigeon

"সাপ!" কবুতর চিৎকার করে উঠল

« Je ne suis pas un serpent ! » dit Alice avec indignation

"আমি সাপ নই!" অ্যালিস রাগান্বিত হয়ে বলল

« Laisse-moi tranquille ! »

"আমাকে একা থাকতে দাও!"

« J'ai essayé les racines des arbres »

"আমি গাছের শিকড় চেষ্টা করেছি"

— Et j'ai essayé des haies, continua le pigeon

"এবং আমি হেজেস চেষ্টা করেছি," কবুতর বলে চলল

« Mais ces serpents ! Il n'y a pas moyen de leur plaire !

"কিন্তু ঐ সাপগুলো! তাদের খুশি করার কিছু নেই!"

Alice était de plus en plus perplexe

অ্যালিস আরও বেশি করে বিস্মিত হয়েছিল

« Comme si ce n'était pas assez compliqué de faire éclore les œufs », a déclaré le pigeon

কবুতর বলল, "যেন ডিম ফোটানোর মতো সমস্যা হয়নি

« Nuit et jour, je dois aussi faire attention aux serpents ! »

"রাত-দিন আমাকেও সাপের সন্ধান করতে হবে!"

« Je venais de trouver l'arbre le plus haut de la forêt »

"আমি সবেমাত্র বনের সবচেয়ে উঁচু গাছটি খুঁজে পেয়েছি"

« Je serais sûrement libre des serpents ici ? »

"নিশ্চয়ই আমি এখানে সাপ থেকে মুক্ত হব?"

« Et un serpent sort du ciel ! »

"এবং আকাশ থেকে একটি সাপ বেরিয়ে আসে!"

« Mais je ne suis pas un serpent, je vous le dis ! » dit Alice

"তবে আমি তো সাপ নই, আমি আপনাকে বলছি!" অ্যালিস বলল

"Je suis un... Je suis un... Je suis une petite fille, ajouta-t-elle d'un air un peu dubitatif

"আমি একটি... আমি একটি... আমি একটা বাচ্চা মেয়ে," তিনি বরং সন্দেহের সাথে যোগ করলেন

Après tout, elle avait traversé beaucoup de changements

সর্বোপরি তিনি অনেক পরিবর্তনের মধ্য দিয়ে যাচ্ছিলেন

« Tu cherches des œufs », dit le pigeon

কবুতর বলল, "আপনি ডিম খুঁজছেন

« Je le sais pertinemment »

"আমি জানি যে একটি সত্যের জন্য"

« Et qu'importe que vous soyez une petite fille ou un serpent ? »

"আর তুমি বাচ্চা মেয়ে না সাপ তাতে কি আসে যায়?"

— Cela m'importe beaucoup, dit Alice à la hâte

"এটা আমার কাছে অনেক গুরুত্বপূর্ণ," অ্যালিস তাড়াতাড়ি বলল

« mais je ne cherche pas d'œufs, en l'occurrence »

"কিন্তু আমি ডিম খুঁজছি না, যেমনটা হয়"

« et je ne voudrais pas de tes œufs de toute façon »

"আর আমি তোমার ডিম চাইব না"

« Je n'aime pas mes œufs crus »

"আমি আমার ডিম কাঁচা পছন্দ করি না"

« Eh bien, allez-vous-en ! » dit le pigeon d'un ton boudeur

কবুতর বিষণ্ণ স্বরে বলল, "আচ্ছা, তাহলে চলে যাও!"

et le pigeon se posa de nouveau dans son nid

এবং কবুতরটি আবার তার নীড়ে বসল

Alice s'accroupit parmi les arbres du mieux qu'elle put

অ্যালিস যতটা সম্ভব গাছের মধ্যে ঝুঁকে পড়ল

Son cou ne cessait de s'emmêler parmi les branches

তার ঘাড় গাছের ডালে জড়িয়ে যাচ্ছিল

De temps en temps, elle devait s'arrêter et se tordre le cou

মাঝে মাঝেই তাকে থামতে হয় এবং ঘাড় খুলতে হয়

Au bout d'un moment, elle se souvint du champignon

কিছুক্ষণ পর মাশরুমের কথা মনে পড়ল

Elle tenait toujours les morceaux de champignon dans ses mains

মাশরুমের টুকরোগুলো তখনও তার হাতে ছিল

et elle se mit à l'œuvre avec beaucoup de soin

এবং তিনি খুব সাবধানে কাজ সেট

D'abord, elle a grignoté un morceau

প্রথমে সে এক টুকরো টুকরো

puis elle grignota l'autre morceau

তারপর অন্য টুকরো টুকরো

Parfois, elle grandissait

মাঝে মাঝে সে লম্বা হয়ে উঠত

et parfois elle devenait plus petite

আর মাঝে মাঝে খাটো হয়ে যেত

Mais finalement, elle a atteint sa taille habituelle

কিন্তু অবশেষে তিনি তার স্বাভাবিক উচ্চতা অর্জন করেন

Elle n'avait pas été de sa taille depuis un certain temps

বেশ কিছুদিন ধরে তিনি নিজের উচ্চতা ছিলেন না

Tout m'a semblé étrange pendant un moment

তাই কিছুক্ষণের জন্য সবকিছু অদ্ভুত লাগছিল

« La prochaine chose à faire est d'entrer dans ce beau jardin »

"পরবর্তী কাজটি হ'ল সেই সুন্দর বাগানে প্রবেশ করা"

« Comment cela se fera-t-il, je me demande ? »

"এটা কীভাবে করা যায়, আমি অবাক হই?"

En disant cela, elle tomba sur un endroit ouvert

এই বলিয়া তিনি একটি খোলা স্থানে উপস্থিত হইলেন

Il y avait une petite maison, un peu plus haute qu'un mètre

একটা ছোট্ট বাড়ি ছিল, এক মিটারের একটু বেশি উঁচু

« Je me demande qui habite cette petite maison »

"আমি ভাবছি এই ছোট্ট বাড়িতে কে থাকে"

« Je ne peux certainement pas y aller aussi grand que je le suis »

"আমি অবশ্যই আমার মতো বড় হতে পারি না"

« Je les effrayerais terriblement ! »

"আমি ওদের ভীষণ ভয় দেখাতাম!"

alors elle grignota à nouveau le petit champignon

তাই সে আবার ছোট্ট মাশরুমে কামড় দিল

et bientôt elle s'abaissa de trente centimètres

এবং শীঘ্রই তিনি নিজেকে ত্রিশ সেন্টিমিটার নিচে নামিয়ে আনলেন

Un cochon et du poivre
একটি শূকর এবং কিছু গোলমরিচ

Pendant une minute ou deux, elle resta à regarder la maison
দু-এক মিনিট সে বাড়ির দিকে তাকিয়ে রইল

Soudain, un valet de pied sortit en courant des bois
হঠাৎ জঙ্গল থেকে দৌড়ে বেরিয়ে এল এক পদাতিক

Il portait un uniforme de livrée spécial
তিনি একটি বিশেষ লিভারি ইউনিফর্ম পরেছিলেন

à en juger par son seul visage, elle l'aurait traité de poisson
শুধু তার মুখ দেখেই বোঝা যেত, সে তাকে মাছ বলে
ডাকত

et il frappa bruyamment à la porte avec ses jointures
আর সে জোরে জোরে দরজায় ধাক্কা মারল

La porte fut ouverte par un autre valet de pied
দরজা খুলল আরেকজন পদাতিক

Ce valet de pied portait également une livrée spéciale
এই পদাতিকেরও পরনে ছিল বিশেষ পোশাক

Ce valet de pied avait un visage rond et de grands yeux
comme une grenouille
এই পদাতিকের মুখ ছিল গোলাকার এবং ব্যাঙের মতো বড়
বড় চোখ

C'est le valet de pied qui ressemblait à un poisson qui a initié la cérémonie

মাছের মতো দেখতে ফুটম্যান অনুষ্ঠানের সূচনা করেছিলেন

Il sortit quelque chose de sous son bras

সে তার বগলের নিচ থেকে কিছু একটা বের করল

et il tira de dessous son bras une enveloppe

আর সে তার বগলের নিচ থেকে একটা খাম বের করল

et cette enveloppe, il la remit à l'autre valet de pied

আর এই খামটা তিনি অন্য পদাতিকের হাতে তুলে দিলেন

D'un ton cérémoniel, il lui donna les ordres

আনুষ্ঠানিকতার সুরে তিনি তাকে আদেশগুলি জানালেন

« Ce message s'adresse à la duchesse »

"এই বার্তাটি ডাচেসের জন্য"

« Une invitation de la reine à jouer au croquet »

"ক্রোকেট খেলার জন্য রানীর কাছ থেকে একটি আমন্ত্রণ"

Le valet de pied qui ressemblait à une grenouille répéta l'ordre

ব্যাঙের মতো দেখতে পদাতিক আদেশটি পুনরাবৃত্তি করল

« De la reine »

'ফ্রম দ্য কুইন'

« Une invitation »

"একটি আমন্ত্রণ"

« pour la duchesse »

"ডাচেসের জন্য"

« Jouer au croquet »

"ক্রোকেট বাজানো"

Puis ils s'inclinèrent tous les deux

অতঃপর উভয়ে প্রণাম করলেন

et les boucles de leurs perruques s'emmêlèrent

এবং তাদের পরচুলার কার্লগুলি একসাথে জড়িয়ে গেল

Bientôt, le valet de pied qui ressemblait à un poisson a disparu

কিছুক্ষণের মধ্যেই মাছের মতো দেখতে পদাতিক চলে গেল

Mais le valet de pied qui ressemblait à une grenouille était toujours là

কিন্তু ব্যাঙের মতো দেখতে পদাতিক তখনও রয়ে গেছে

Il était assis par terre près de la porte

দরজার কাছে মাটিতে বসে ছিলেন তিনি

Il regardait bêtement le ciel

সে বোকার মতো আকাশের দিকে তাকিয়ে ছিল

Alice s'approcha timidement de la porte et frappa

অ্যালিস ভয়ে ভয়ে দরজার কাছে গিয়ে নক করল

— Il ne sert à rien de frapper, dit le valet de pied

পদাতিক বলল, "নক করে লাভ নেই

« Et ce, pour deux raisons »

"আর সেটা দুটো কারণে"

« D'abord, parce que je suis du même côté de la porte que toi »

"প্রথমত, কারণ আমি তোমার মতো দরজার একই পাশে আছি"

« Deuxièmement, parce qu'ils font tellement de bruit à l'intérieur »

"দ্বিতীয়ত, কারণ তারা ভিতরে ভিতরে এত শব্দ করছে"

« Personne ne pouvait vous entendre »

'কেউ শুনতে পাবে না'

Et il y avait certainement un bruit des plus extraordinaires à l'intérieur

আর ভেতরে নিশ্চয়ই একটা অদ্ভুত কোলাহল চলছিল

des hurlements et des éternuements constants

একটি ক্রমাগত চিৎকার এবং হাঁচি

et de temps en temps un bruit de grand fracas

আর মাঝে মাঝেই প্রচণ্ড আছড়ে পড়ার আওয়াজ

comme si un plat ou une bouilloire avait été brisé en morceaux

যেন একটা থালা বা কেটলি ভেঙে টুকরো টুকরো হয়ে গেছে

« Comment vais-je entrer ? » demanda Alice

"আমি কীভাবে প্রবেশ করব?" অ্যালিস জিজ্ঞাসা করল

— Faut-il que tu entres ? dit le valet de pied

পদাতিক বলল, "আদৌ ঢুকতে পারবে নাকি?"

« C'est la première question, vous savez »

"এটাই প্রথম প্রশ্ন, আপনি জানেন"

Alice ouvrit la porte et entra

অ্যালিস দরজা খুলে ভিতরে ঢুকল

La porte menait directement à une grande cuisine

দরজা দিয়ে সোজা একটা বড় রান্নাঘরে ঢুকে গেল

La cuisine était pleine de fumée d'un bout à l'autre

রান্নাঘরের এক প্রান্ত থেকে অন্য প্রান্ত পর্যন্ত ধোঁয়ায় ভরে গেছে

au milieu de la cuisine se trouvait la duchesse

রান্নাঘরের মাঝখানে ছিল ডাচেস

Elle était assise sur un tabouret à trois pieds

তিনি তিন পায়ের টুলে বসেছিলেন

et elle allaitait un bébé

এবং তিনি একটি শিশুকে স্তন্যপান করাচ্ছিলেন

Le cuisinier était penché au-dessus du feu

বাবুর্চি আগুনের উপর হেলান দিয়ে দাঁড়িয়েছিল

Il remuait un grand chaudron

তিনি একটি বড় ক্যালড্রন নাড়াচ্ছিলেন

et le chaudron semblait être plein de soupe

আর ক্যালড্রন যেন স্যুপে ভরে গেছে

« Il y a certainement trop de poivre dans cette soupe ! » Alice se dit

"ওই স্যুপে নিশ্চয়ই অনেক বেশি গোলমরিচ আছে!" অ্যালিস নিজেকে বলল

Elle l'a dit du mieux qu'elle a pu sans éternuer

হাঁচি না দিয়ে যথাসাধ্য কথাটা বললেন তিনি

Même la duchesse éternuait de temps en temps

এমনকি ডাচেসও মাঝে মাঝে হাঁচি দিতেন

Mais les actions du bébé étaient les plus remarquables

তবে শিশুটির কর্মকাণ্ড ছিল সবচেয়ে উল্লেখযোগ্য

Le bébé éternuait et hurlait alternativement

শিশুটি পর্যায়ক্রমে হাঁচি দিচ্ছিল এবং চিৎকার করছিল

Il n'y avait pas un instant de pause entre les hurlements et les éternuements

চিৎকার আর হাঁচির মাঝে এক মুহূর্তের বিরতিও ছিল না

Il y avait deux créatures dans la cuisine qui n'éternuaient pas

রান্নাঘরে দুটি প্রাণী ছিল যারা হাঁচি দেয়নি

Le cuisinier était trop occupé pour éternuer

বাবুর্চি এত ব্যস্ত ছিল যে হাঁচি দিতে পারছিল না

et le gros chat ne semblait pas se soucier du poivre

আর বড় বিড়ালটা মরিচ নিয়ে কিছু মনে করল না

Au lieu de cela, le gros chat souriait d'une oreille à l'autre

পরিবর্তে, বড় বিড়ালটি কান থেকে কান পর্যন্ত হাসছিল

— Pourriez-vous me le dire, s'il vous plaît, dit Alice un peu timidement

"দয়া করে আপনি কি আমাকে বলবেন," অ্যালিস কিছুটা ভীরুভাবে বলল

« Pourquoi ton chat sourit-il comme ça ? »

"তোমার বিড়ালটা এভাবে হাসছে কেন?

« C'est un Cheshire-Cat, » dit la duchesse

"এটি একটি চেশায়ার-বিড়াল," ডাচেস বলেছিলেন

« Et c'est pourquoi il sourit d'une oreille à l'autre »

আর এ কারণেই সে কান থেকে কান পর্যন্ত হাসছে।

« Je ne savais pas qu'un Cheshire-Cat souriait toujours »

"আমি জানতাম না যে একটি চেশায়ার-বিড়াল সর্বদা হাসে"

« En fait, je ne savais pas que les chats pouvaient sourire », a déclaré Alice

"আসলে, আমি জানতাম না যে বিড়ালরা হাসতে পারে," অ্যালিস বলেছিলেন

— Il y a beaucoup de choses que vous ne savez pas, dit la duchesse

"এমন অনেক কিছুই আছে যা আপনি জানেন না," ডাচেস বলেছিলেন

« Il y a beaucoup de choses que vous ne savez pas et c'est un fait »

"এমন অনেক কিছুই আছে যা আপনি জানেন না এবং এটি একটি সত্য"

Juste à ce moment-là, le cuisinier retira le chaudron de soupe du feu

ঠিক তখনই বাবুর্চি আগুন থেকে স্যুপের ক্যালড্রন বের করে নিল

et aussitôt, elle commença à jeter tout ce qui était à sa portée

এবং তৎক্ষণাৎ সে সবকিছু তার নাগালের মধ্যে ফেলে দিতে শুরু করল

elle jeta tout ce qu'elle put sur la duchesse et le bébé

সে তার সমস্ত কিছু ডাচেস এবং খোকামনির দিকে ছুঁড়ে মারল

D'abord, elle jeta les fers à feu

প্রথমে তিনি আগুন-ইস্ত্রি নিক্ষেপ করেন

Puis elle a jeté une poignée de casseroles

তারপর এক মুঠো সসপ্যান ছুঁড়ে মারল

et enfin elle jeta les assiettes et les plats

এবং অবশেষে সে প্লেট এবং থালাগুলি ফেলে দিল

La duchesse ne fit pas attention à elle

ডাচেস তার দিকে খেয়াল করেননি

Même lorsqu'elle a été frappée par une assiette, elle ne s'est pas inquiétée

এমনকি যখন তাকে একটি প্লেট দ্বারা আঘাত করা হয়েছিল তখনও তিনি চিন্তা করেননি

Le bébé hurlait déjà tellement

বাচ্চাটা এমনিতেই খুব কাঁদছিল

Il était donc impossible de dire si les coups blessaient le

bébé ou non

তাই আঘাতের আঘাতে শিশুটি আঘাত পেয়েছে কি না তা বলা অসম্ভব ছিল

« Oh, je vous en prie, faites attention à ce que vous faites ! » s'écria Alice

"ওহ, আপনি যা করছেন তা দয়া করে মনে রাখবেন!" অ্যালিস চিৎকার করল

et elle sautait de haut en bas dans une agonie de terreur

আর সে আতঙ্কে লাফিয়ে উঠল

la duchesse offrit le bébé à Alice

ডাচেস অ্যালিসকে বাচ্চা দেওয়ার প্রস্তাব দিয়েছিলেন

« Ici ! Tu peux allaiter un peu le bébé, si tu veux !

"এই যে! তুমি চাইলে বাচ্চাটাকে একটু নার্সিং করাতে পারো!"

et elle lui lança l'enfant tout en parlant

এবং কথা বলতে বলতে শিশুটিকে তার দিকে ছুঁড়ে মারলেন

« Je dois aller me préparer à jouer au croquet avec la reine »

"আমাকে অবশ্যই যেতে হবে এবং রানীর সাথে ক্রোকেট খেলার জন্য প্রস্তুত হতে হবে"

et elle se hâta de sortir de la chambre

এবং সে তাড়াতাড়ি ঘর থেকে বেরিয়ে গেল

Alice attrapa le bébé avec quelque difficulté

অ্যালিস অনেক কষ্টে শিশুটিকে ধরে ফেলে

parce que c'était une petite créature de forme très étrange

কারন এটা ছিল খুব অদ্ভুত আকৃতির একটা ছোট্ট প্রাণী

et l'enfant tendit les bras et les jambes dans toutes les directions

এবং শিশুটি তার হাত-পা চারদিকে প্রসারিত করে

« Je ferais mieux d'emmener cet enfant avec moi », pensa Alice

"আমি বরং এই শিশুটিকে আমার সাথে নিয়ে যাই," অ্যালিস ভাবল

« Ils sont sûrs de tuer ce bébé dans un jour ou deux »

"তারা নিশ্চিত এই শিশুটিকে এক বা দুই দিনের মধ্যে হত্যা করবে"

« Ne serait-ce pas un meurtre de laisser ce bébé derrière soi ? »

"এই বাচ্চাটাকে ফেলে আসাটা কি খুন হবে না?"

Elle prononça les derniers mots à haute voix

শেষ কথাগুলো উচ্চস্বরে বলল সে

Et la petite créature grogna en réponse

আর উত্তরে ছোট্ট একটা জিনিস ঘোঁৎ ঘোঁৎ করে উঠল

« Tu ferais mieux de ne pas te transformer en cochon, ma chère, » dit Alice

"তুমি শুয়োরে পরিণত না হওয়াই ভাল, আমার প্রিয়," অ্যালিস বলল

« ou alors je n'aurai plus rien à faire avec toi »

নইলে তোমার সাথে আমার আর কোন সম্পর্ক থাকবে না"

Alice commençait à peine à penser en elle-même :

অ্যালিস সবেমাত্র নিজেকে ভাবতে শুরু করেছিল:

« Maintenant, que vais-je faire de cette créature, quand je la ramène à la maison ? »

"এখন, আমি এই প্রাণীটিকে নিয়ে কী করব, যখন আমি এটি বাড়িতে নিয়ে আসব?"

Mais alors la petite créature grogna un peu violemment

কিন্তু তখন ছোট্ট প্রাণীটি একটু হিংস্রভাবে ঘোঁৎ ঘোঁৎ করে উঠল

et Alice baissa les yeux sur son visage avec une certaine inquiétude

এবং অ্যালিস কিছুটা আতঙ্কিত হয়ে তার মুখের দিকে তাকাল

Cette fois, il ne pouvait y avoir d'erreur à ce sujet

এবার আর কোনো ভুল হতে পারে না

Ce n'était ni plus ni moins qu'un cochon

এটি একটি শূকরের চেয়ে বেশি বা কম ছিল না

alors elle déposa la petite créature

তাই সে ছোট্ট প্রাণীটিকে নামিয়ে দিল

et la petite créature s'éloigna tranquillement dans le bois

আর ছোট্ট প্রাণীটি নিঃশব্দে বনের মধ্যে চলে গেল

Alice se sentit tout à fait soulagée de voir la créature partir

প্রাণীটিকে চলে যেতে দেখে অ্যালিস বেশ স্বস্তি বোধ করল

Alice fut un peu surprise en voyant le Chat-Cheshire

চেশায়ার-বিড়ালকে দেখে অ্যালিস একটু চমকে উঠল

Il était assis sur une branche d'arbre à quelques mètres de là

কয়েক গজ দূরে একটা গাছের ডালে বসেছিল ওটা

Le chat ne sourit que lorsqu'il la vit

বিড়ালটা তাকে দেখেই শুধু হাসল

« Chat du Cheshire », commença Alice un peu timidement

"চেশায়ার-বিড়াল," অ্যালিস শুরু করল, বরং ভীরুভাবে

« Pourriez-vous s'il vous plaît me dire dans quelle direction je dois aller à partir d'ici ? »

"আপনি কি দয়া করে আমাকে বলবেন যে আমি এখান থেকে কোন দিকে যাব?"

« Dans cette direction », dit le chat

"ঐ দিকে," বিড়াল বলল

et il agita la patte droite

আর ডান পাঞ্জা ঘুরিয়ে ঘুরিয়ে

« C'est dans cette direction que vit un fabricant de chapeaux »

"সেই দিকে টুপি প্রস্তুতকারক বাস করে"

puis le chat agita son autre patte

তারপর বিড়ালটা তার অন্য থাবা নাড়ল

« Et dans cette direction vit un lièvre de marche »

"আর ঐ দিকেই বাস করে এক মার্চের থরগোশ"

« Visitez l'un ou l'autre de vos goûts ; Ils sont tous les deux fous"

"যেভাবে খুশি যাও; দুজনেই পাগল।

— Mais je ne veux pas aller parmi des fous, remarqua Alice

"কিন্তু আমি পাগলদের মধ্যে যেতে চাই না," অ্যালিস

মন্তব্য করেছিল

« Oh, tu ne peux pas t'en empêcher, » dit le Chat

"ওহ, আপনি এটি সাহায্য করতে পারবেন না," বিড়াল বলল

« Nous sommes tous fous ici »

'আমরা সবাই এখানে পাগল'

« Tu joues au croquet avec la reine aujourd'hui ? »

"তুমি কি আজ রানির সাথে ক্রোকেট খেলছ?"

— J'aimerais beaucoup, dit Alice

"আমি খুব চাই," অ্যালিস বলল

« mais je n'ai pas encore été invité »

'আমাকে এখনো আমন্ত্রণ জানানো হয়নি'

« Tu me verras là-bas », dit le Chat

"তুমি আমাকে সেখানে দেখতে পাবে," বিড়াল বলল

et d'un instant à l'autre le chat disparaissait

এবং এক মুহূর্ত থেকে পরের মুহূর্তে বিড়ালটি অদৃশ্য হয়ে গেল

bientôt Alice arriva en vue de la maison du lièvre de marche

শীঘ্রই অ্যালিস মার্চ খরগোশের বাড়িটি দেখতে পেল

C'était une très grande maison

এইটি একটি খুব বড় বাড়ি ছিল

alors Alice ne voulait pas s'approcher de la maison

তাই অ্যালিস বাড়ির কাছে যেতে চাইত না

D'abord, elle a dû grignoter un peu plus du morceau de champignon du côté gauche

প্রথমে তাকে মাশরুমের বাম পাশের অংশটি আরও কিছুটা কামড়াতে হয়েছিল

Un thé fou
পাগলাটে চায়ের আড্ডা

Devant la maison, il y avait un arbre

বাড়ির সামনে একটা গাছ ছিল

et sous l'arbre, il y avait une table

আর গাছের নিচে একটা টেবিল ছিল

et la table était dressée avec toutes sortes de couverts

আর টেবিল সাজানো ছিল হরেক রকমের কাটলারি দিয়ে

Le lièvre de mars et le chapelier étaient à table

মার্চ খরগোশ এবং টুপি প্রস্তুতকারক টেবিলে ছিল

et ensemble ils prenaient le thé

দুজনে মিলে চা খাচ্ছিলেন

Un loir était assis entre eux

তাদের মাঝখানে একটি ডরমাউস বসেছিল

et le loir dormait profondément

আর ডরমাউস গভীর ঘুমে আচ্ছন্ন

La table était d'une taille extraordinaire

টেবিলটি ছিল অসাধারণ আকারের

mais la majeure partie de la table était inoccupée

কিন্তু টেবিলের বেশির ভাগ অংশই ছিল খালি

Ils étaient assis serrés les uns contre les autres dans un coin de la table

তারা টেবিলের এক কোণে ভিড় করে বসেছিল

et pourtant ils s'excusaient quand ils voyaient Alice

তবুও তারা অ্যালিসকে দেখে অজুহাত দেখাল

« Pas de place ! Pas de place ! » crièrent-ils

"রুম নেই! ঘর নেই!" তারা চিৎকার করে উঠল

« Il y a beaucoup de place ! » dit Alice avec indignation

"প্রচুর জায়গা আছে!" অ্যালিস রাগান্বিত হয়ে বলল

À l'une des extrémités de la table, il y avait un grand fauteuil

টেবিলের এক প্রান্তে একটা বড় আর্ম-চেয়ার ছিল

et Alice s'assit dans le fauteuil

এবং অ্যালিস নিজেকে আরামকেদারায় বসল

Le chapelier ouvrit de grands yeux

টুপি প্রস্তুতকারক চোখ বড় বড় করে খুলল

Il n'arrivait pas à croire ce qu'il voyait

তিনি যা দেখছিলেন তা বিশ্বাস করতে পারছিলেন না

Mais son esprit était curieux d'autres choses

কিন্তু তার মন ছিল অন্য বিষয়ে কৌতূহলী

« Pourquoi un corbeau est-il comme un bureau ? »

"কাক লেখার টেবিলের মতো কেন?"

Alice était prête à relever le défi

অ্যালিস চ্যালেঞ্জের জন্য উন্মুক্ত ছিল

« Je suis content qu'ils aient commencé à poser des énigmes »

"আমি খুশি যে তারা ধাঁধা জিজ্ঞাসা করতে শুরু করেছে"

— Je crois que je peux le deviner, ajouta-t-elle à haute voix

"আমি বিশ্বাস করি যে আমি এটি অনুমান করতে পারি," তিনি উচ্চস্বরে যোগ করলেন

Le lièvre de mars s'est curieux de connaître Alice

মিছিলের খরগোশ অ্যালিসকে নিয়ে কৌতূহলী হয়ে উঠল

« Pensez-vous vraiment que vous pouvez trouver la réponse ? »

"আপনি কি সত্যিই মনে করেন যে আপনি উত্তরটি খুঁজে পেতে পারেন?

— Je crois que je peux trouver la réponse, en effet, dit Alice

"আমি মনে করি আমি সত্যিই উত্তর খুঁজে পেতে পারি," অ্যালিস বলল

« Alors, tu devrais dire ce que tu veux dire », continua le lièvre de marche

"তাহলে আপনি যা বলতে চাইছেন তা বলা উচিত," মিছিলটি বলে চলল

— Je dis ce que je pense, répondit vivement Alice

"আমি যা বলতে চাইছি তা বলছি," অ্যালিস তাড়াতাড়ি

জবাব দিল

« à tout le moins, je pense ce que je dis »

"অন্তত আমি যা বলি তা বোঝাতে চাই"

« C'est la même chose, vous savez »

"এটা একই জিনিস, আপনি জানেন"

Le loir a également contribué à la conversation

ডরমাউসও কথোপকথনে অবদান রেখেছিল

mais le loir semblait parler dans son sommeil

কিন্তু ডরমাউস যেন ঘুমের মধ্যে কথা বলছে

« Je respire quand je dors »

'ঘুমানোর সময় নিঃশ্বাস নিই'

« Je dors quand je respire ! »

'নিঃশ্বাস নিলেই ঘুমিয়ে পড়ি'!

« Autant dire qu'ils sont les mêmes aussi »

"আপনি পাশাপাশি বলতে পারেন যে তারাও একই"

« C'est la même chose pour toi », dit le chapelier

টুপি প্রস্তুতকারক বলল, "আপনার ক্ষেত্রেও একই অবস্থা

Et il versa un peu de thé sur le nez du loir

আর ডরমাউসের নাকে একটু চা ঢেলে দিল

Le Loir secoua la tête avec impatience

ডরমাউস অধৈর্যভাবে মাথা নাড়ল

et le loir parla de nouveau, sans ouvrir les yeux

আবার ডরমাউস চোখ না খুলতেই কথা বলল

« Bien sûr, bien sûr que c'est la même chose »

"অবশ্যই, এটি একই"

« C'est juste ce que j'allais dire moi-même »

"এটাই আমি নিজে বলতে যাচ্ছিলাম"

Le chapelier se tourna vers Alice et lui posa une autre question

টুপি প্রস্তুতকারক অ্যালিসের দিকে ফিরে আরও একটি প্রশ্ন জিজ্ঞাসা করল

« As-tu déjà deviné l'énigme ? »

"আপনি কি এখনও ধাঁধাটি অনুমান করতে পেরেছেন?"

« Non, j'abandonne », a concédé Alice

"না, আমি হাল ছেড়ে দিচ্ছি," অ্যালিস স্বীকার করল

« Quelle est la réponse ? » voulait-elle savoir

"উত্তর কি?" সে জানতে চাইল

— Je n'en ai pas la moindre idée, dit le chapelier

টুপি প্রস্তুতকারক বলেন, 'আমার বিন্দুমাত্র ধারণা নেই

« Moi non plus, » dit le lièvre de marche

"আমিও জানি না," মিছিলের থরগোশ বলল

Alice poussa un soupir de lassitude

অ্যালিস একটা ক্লান্ত দীর্ঘশ্বাস ফেলল

« Il y a de meilleures utilisations du temps que des énigmes sans réponses »

"উত্তর ছাড়া ধাঁধার চেয়ে সময়ের আরও ভাল ব্যবহার রয়েছে"

« Prends encore du thé », dit le lièvre de marche à Alice, très sérieusement

"আরও কিছু চা পান করুন," মার্চের খরগোশ অ্যালিসকে খুব আন্তরিকভাবে বলল

Alice était assez offensée par l'offre

অ্যালিস এই প্রস্তাবে বেশ ক্ষুব্ধ হয়েছিল

— Je n'ai pas encore pris de thé, répondit Alice

"আমি এখনও চা খাইনি," অ্যালিস উত্তর দিল

« donc je ne peux plus prendre de thé »

'তাই আর চা খেতে পারছি না

— Vous voulez dire que vous ne pouvez pas prendre moins de thé, dit le chapelier

টুপি প্রস্তুতকারক বলল, "তার মানে চা কম খাওয়া যাবে না

« C'est très facile de prendre plus que rien »

"কিছু না থাকার চেয়ে বেশি নেওয়া খুব সহজ"

À ces mots, Alice se leva et s'en alla

এই বলে অ্যালিস উঠে চলে গেল

Le loir s'endormit instantanément

ডরমাউস তৎক্ষণাৎ ঘুমিয়ে পড়ল

et ni l'un ni l'autre ne firent la moindre attention à son départ

এবং অন্য কেউই তার চলে যাওয়ার বিষয়ে বিন্দুমাত্র খেয়াল করেনি

bien qu'elle ait regardé en arrière une ou deux fois

যদিও সে দু-একবার পেছন ফিরে তাকাল

Ils essayaient de mettre le loir dans la théière

তারা ডরমাউসকে চায়ের পাত্রে ঢোকানোর চেষ্টা করছিল

« En tout cas, je n'y retournerai plus ! » dit Alice

"যাই হোক না কেন, আমি আর কখনও সেখানে যাব না!" অ্যালিস বলল

et elle se fraya un chemin à travers les bois

এবং সে জঙ্গলের মধ্য দিয়ে তার পথ হাঁটতে লাগল

« c'était le thé le plus stupide auquel j'aie jamais assisté »

"এটি আমার দেখা সবচেয়ে বোকা চা–পার্টি ছিল"

Juste au moment où elle disait cela, elle remarqua quelque chose

কথাটা বলতেই একটা জিনিস খেয়াল করলেন তিনি

L'un des arbres avait une porte qui y menait directement

একটা গাছের ঠিক ভেতরে ঢোকার দরজা ছিল

« C'est très intéressant ! » a-t-elle pensé

"এটা খুব আকর্ষণীয়!" সে ভেবেছিল

« Je pense que je peux aussi bien passer la porte »

"আমার মনে হয় আমিও দরজা দিয়ে ঢুকতে পারি"

Et elle passa par la porte

আর দরজা দিয়ে ঢুকল সে

Une fois de plus, elle se retrouva dans le long couloir

আরেকবার সে নিজেকে আবিষ্কার করল লম্বা হলঘরে

de nouveau, elle était près de la petite table de verre

আবার সে ছোট্ট কাচের টেবিলের কাছাকাছি এসে দাঁড়াল

Elle prit la petite clé d'or

সে ছোট্ট সোনার চাবিটা নিল

et elle ouvrit la porte qui donnait sur le jardin

এবং তিনি বাগানে যাওয়ার দরজাটি খুললেন

Puis elle s'est mise au travail pour grignoter le champignon

এরপর তিনি মাশরুম খেয়ে কাজ শুরু করেন

Elle avait gardé un morceau du champignon dans sa poche

তিনি মাশরুমের একটি টুকরো তার পকেটে রেখেছিলেন

Et finalement, elle mesurait environ un mètre

এবং অবশেষে সে প্রায় এক মিটার লম্বা ছিল

Puis elle descendit le petit couloir

তারপর ছোট্ট করিডোর ধরে হাঁটতে লাগল

Et puis elle s'est finalement retrouvée dans le magnifique jardin

এবং তারপর অবশেষে তিনি নিজেকে সুন্দর বাগানে খুঁজে পেয়েছিলেন

et elle était parmi les fleurs brillantes et les fontaines fraîches

এবং তিনি উজ্জ্বল ফুল এবং শীতল ঝর্ণাগুলির মধ্যে ছিলেন

Le terrain de croquet de la reine
রানির ক্রোকেট গ্রাউন্ড

Un grand rosier se dressait près de l'entrée du jardin
বাগানের প্রবেশপথের কাছে একটা বড় গোলাপ গাছ দাঁড়িয়ে আছে

Les roses qui poussaient sur l'arbre étaient blanches
গাছে বেড়ে ওঠা গোলাপগুলো ছিল সাদা

Mais il y avait trois jardiniers qui peignaient la rose
কিন্তু তিনজন মালি গোলাপ রঙ করছিলেন

Ils étaient occupés à peindre les roses en rouge
তারা গোলাপকে লাল রঙে রাঙাতে ব্যস্ত ছিল

et Alice les regardait peindre les roses en rouge
এবং অ্যালিস তাদের গোলাপগুলি লাল রঙে রাঙানো দেখছিল

et soudain leurs yeux tombèrent par hasard sur Alice
এবং হঠাৎ তাদের চোখ অ্যালিসের উপর পড়ল

Alice parlait un peu timidement
অ্যালিস একটু ভয়ে ভয়ে কথা বলল

« Pourriez-vous me le dire, s'il vous plaît ? »
"আপনি কি দয়া করে আমাকে বলবেন;"

« Pourquoi peignez-vous tous ces roses ? »
"তোমরা সবাই এই গোলাপগুলো আঁকছো কেন?"

cinq et sept ne dirent rien, mais regardèrent deux
পাঁচ-সাত কিছু বলল না, দুজনের দিকে তাকাল

deux d'entre eux parlèrent à voix basse
দুজন নিচু গলায় কথা বলল

— Eh bien, le fait est, voyez-vous, madame.
"কেন, আসল কথা হল, আপনি দেখুন, ম্যাডাম"

« Celui-ci aurait dû être un rosier rouge »
"এটা একটা লাল গোলাপ গাছ হওয়া উচিত ছিল"

« Et nous avons mis un rosier blanc par erreur »
"এবং আমরা ভুল করে একটি সাদা গোলাপ-গাছ রেখেছি"

« Comme vous en conviendrez, la reine ne doit pas le

découvrir »

"আপনি যেমন একমত হবেন, রানী অবশ্যই খুঁজে বের করবেন না"

« Sinon, nous aurions tous la tête tranchée »

তা না হলে আমাদের সবার মাথা কেটে ফেলা হতো

« Alors vous voyez, madame, nous faisons de notre mieux »

"তাহলে আপনি দেখুন ম্যাডাম, আমরা আমাদের যথাসাধ্য চেষ্টা করছি"

La cinquième carte avait regardé anxieusement à travers le jardin

কার্ড ফাইভ উদ্বিগ্ন হয়ে বাগানের দিকে তাকিয়ে ছিল

À ce moment, la cinquième carte cria : « La dame ! La reine !

এমন সময় পাঁচ নম্বর কার্ড ডেকে উঠল, "রানী! রানী!"

Et les trois jardiniers s'enfuirent aussitôt

আর তিনজন মালি তৎক্ষণাৎ ছুটে চলে গেল

et ils se jetèrent à plat ventre

এবং তারা তাদের মুখের উপর চ্যাপ্টা হয়ে গেল

Il y eut un bruit de nombreux pas

অনেকগুলো পায়ের শব্দ হলো

Alice regarda autour d'elle, impatiente de voir la reine

অ্যালিস চারদিকে তাকাল, রানীকে দেখার জন্য উৎসুক

Au début de la procession se trouvaient dix soldats

মিছিলের শুরুতে দশ জন সৈন্য ছিল

leurs mains et leurs pieds étaient dans les coins

তাদের হাত-পা ছিল এক কোণে

et dans leurs mains et leurs pieds étaient des massues

আর তাদের হাতে ও পায়ে ছিল লাঠি

Venaient ensuite les dix courtisans

এরপর এলেন দশজন সভাসদ

Les courtisans étaient partout ornés de diamants

সভাসদদের সর্বত্র হীরে দিয়ে সাজানো হয়েছিল

Après les courtisans sont venus les enfants royaux

সভাসদদের পরে রাজ সন্তানরা এসেছিল

Il y avait dix enfants royaux

রাজকীয় সন্তানদের মধ্যে দশজন ছিল

et tous les enfants royaux étaient ornés de cœurs

এবং সমস্ত রাজকীয় সন্তানদের হৃদয় দিয়ে অলঙ্কৃত করা হয়েছিল

Venaient ensuite les invités ; principalement des rois et des reines

এরপর আসেন অতিথিরা; বেশিরভাগই রাজা ও রানী

et parmi les rois et la reine, Alice vit quelqu'un

এবং রাজা এবং রানী অ্যালিসের মধ্যে একজনকে দেখেছিল

Elle revit le lapin blanc qu'elle avait chassé

সে আবার দেখতে পেল যে সাদা খরগোশটিকে সে তাড়া করেছিল

Le cortège était suivi par le valet de cœur

শোভাযাত্রাটি হৃদয়ের নম্র অনুসরণ করেছিল

Il portait la couronne du roi

তিনি রাজার মুকুট বহন করছিলেন

et la couronne du roi était sur un coussin de velours cramoisi

আর রাজার মুকুট ছিল লাল মখমলের কুশনের ওপর

Et puis vint la fin de ce grand cortège

আর তারপরই এই বিশাল শোভাযাত্রার সমাপ্তি ঘটে

Et là, à la fin, il y avait le Roi et la Reine de Cœur

এবং সেখানে শেষে রাজা এবং হৃদয়ের রানী ছিলেন

le cortège arriva en face d'Alice

মিছিলটি অ্যালিসের বিপরীতে এসেছিল

et ils s'arrêtèrent tous et la regardèrent

সবাই থমকে দাঁড়িয়ে তার দিকে তাকাল

et la reine dit sévèrement : « Qui est-ce ? »

রানী গম্ভীর গলায় কহিলেন, "ইনি কে?"

Elle l'a dit au Valet de Cœur

তিনি হৃদয়ের নাভকে এটি বলেছিলেন

Mais il s'est contenté de s'incliner et de sourire en réponse

কিন্তু প্রত্যুত্তরে তিনি শুধু মাথা নিচু করে হাসলেন

Alice parla très poliment

অ্যালিস খুব নম্রভাবে কথা বলল

« Je m'appelle Alice, alors faites plaisir à Votre Majesté »

"আমার নাম অ্যালিস, তাই দয়া করে আপনার মহিমা"

Mais elle avait d'autres pensées pour elle-même

কিন্তু তার নিজের মনে অন্য চিন্তা ছিল

« Ce n'est qu'un jeu de cartes, après tout ! »

"তারা কেবল তাসের একটি প্যাকেট, সর্বোপরি!"

« Savez-vous jouer au croquet ? » cria la reine

"তুমি কি ক্রোকেট খেলতে পারো?" রানী চিৎকার করে উঠলেন

La question était évidemment destinée à Alice

প্রশ্নটা স্পষ্টতই অ্যালিসের জন্য ছিল

— Oui ! dit Alice d'une voix forte

"হ্যাঁ!" অ্যালিস জোরে বলল

« Venez jouer alors ! » rugit la reine

রাণী গর্জে উঠলেন, "তাহলে খেলো!"

une voix timide s'adressa à Alice

ভীরু কণ্ঠে অ্যালিসের সঙ্গে কথা বলল

« C'est une très belle journée ! »

"এটা খুব সুন্দর দিন!"

Elle se promenait près du lapin blanc

সে সাদা থরগোশের পাশ দিয়ে হেঁটে যাচ্ছিল

et le Lapin Blanc jetait un coup d'œil anxieux sur son visage

আর সাদা থরগোশ উদ্বিগ্নভাবে তার মুখের দিকে উঁকি দিচ্ছিল

« Une très belle journée, en effet, confirma Alice

"সত্যিই খুব সুন্দর দিন," অ্যালিস নিশ্চিত করেছে

« Où est la duchesse ? »

"ডাচেস কোথায়?"

« Chut ! Chut ! dit le Lapin

"ছিঃ! হুশ!" থরগোশ বলল

« Elle est sous le coup d'une sentence d'exécution »

'তার ফাঁসির সাজা চলছে'

« Pourquoi est-elle exécutée ? » demanda Alice

"কিসের জন্য তাকে মৃত্যুদণ্ড দেওয়া হচ্ছে?" অ্যালিস জিজ্ঞাসা করল

« Elle a éraflé les oreilles de la reine », commença le lapin

খরগোশ শুরু করল, "সে রানির কান ঝালাপালা করে দিল

cria la reine d'une voix de tonnerre

রানী বজ্রপাতের সুরে চিৎকার করে উঠলেন

« Retournez à vos endroits ! »

"তোমার জায়গায় যাও!"

et les gens se mirent à courir dans toutes les directions

আর লোকজন চারদিকে দৌড়াদৌড়ি শুরু করল

et ils tombèrent tous les uns contre les autres

এবং তারা সবাই একে অপরের বিরুদ্ধে ঝাঁপিয়ে পড়ল

Cependant, ils se sont calmés en une minute ou deux

তবে দু-এক মিনিটের মধ্যেই থিতু হয়ে যান তারা

Et puis le jeu a commencé

এরপর খেলা শুরু হয়

Alice n'avait jamais vu un terrain de croquet aussi curieux

অ্যালিস এমন অদ্ভুত ক্রোকেট গ্রাউন্ড কখনও দেখেনি

L'herbe n'était que crêtes et sillons

ঘাস সবই ছিল খাড়া আর খাঁজকাটা

Les boules de croquet étaient de vrais hérissons

ক্রোকেট বলগুলি ছিল আসল হেজহগ

Et les maillets étaient de vrais flamants roses

আর ম্যালেটগুলো ছিল আসল ফ্লেমিঙ্গো

et les soldats se tinrent sur leurs mains et leurs pieds

আর সৈন্যরা হাত-পা ভর দিয়ে দাঁড়িয়ে রইল

Parce que les arches ont été faites à partir de leurs corps

কারন খিলানগুলো তাদের শরীর থেকে তৈরি হয়েছিল

Les joueurs ont tous joué en même temps

খেলোয়াড়রা সবাই একসঙ্গে খেলেছে।

Personne n'attendait son tour

কেউ তাদের পালার জন্য অপেক্ষা করেনি

et tout le monde se querellait avec tout le monde

আর সবার সাথে ঝগড়া লেগে গেল

et tous se battaient pour les hérissons

এবং সবাই সজারুর জন্য লড়াই করছিল

Bientôt, la reine fut dans une colère furieuse

অচিরেই রাণী প্রচণ্ড আবেগে আক্রুত হয়ে পড়লেন

et elle s'est mise à piétiner et à crier

আর সে এদিক ওদিক তাকাতে লাগল আর চিৎকার করতে লাগল

« Coupez-lui la tête ! »

"ওর মাথা কেটে ফেল!"

« Coupez-lui la tête ! »

"ওর মাথা কেটে ফেল!"

« Coupez-leur la tête ! »

"ওদের সবার মাথা কেটে ফেল!"

De nouveau, Alice pensa en elle-même

আবার অ্যালিস মনে মনে ভাবল

« Ils sont affreusement friands de décapiter les gens ici »

"তারা এখানে মানুষের শিরশ্ছেদ করতে ভয়ঙ্কর শখ"

« Ce qui est très étonnant, c'est qu'il reste quelqu'un en vie ! »

"সবচেয়ে আশ্চর্যের বিষয় হল যে কেউ বেঁচে আছে!"

Elle cherchait un moyen de s'échapper

সে পালানোর কোন পথ খুঁজছিল

Elle remarqua une curieuse apparition dans l'air

বাতাসে একটা অদ্ভুত চেহারা লক্ষ্য করল সে

« C'est le chat du Cheshire », se dit-elle

"এটা চেশায়ার-বিড়াল," সে নিজেকে বলল

« maintenant j'aurai quelqu'un à qui parler »

"এখন আমি কারও সাথে কথা বলব"

« Comment vas-tu ? » dit le chat

বিড়াল বলল, "কেমন আছো তুমি?"

« Je ne pense pas qu'ils jouent du tout équitablement », a déclaré Alice

অ্যালিস বললেন, 'আমার মনে হয় না তারা মোটেও নিরপেক্ষভাবে খেলে

et elle avait un ton plutôt plaintif

এবং তার বরং অভিযোগের সুর ছিল

« Ils se querellent tous si affreusement »

"তারা সবাই এত ভয়ঙ্করভাবে ঝগড়া করে"

« On ne s'entend pas parler »

'নিজের কথা শোনা যায় না'

« Et ils ne semblent pas jouer selon des règles »

"এবং তারা কোনও নিয়ম দ্বারা খেলবে বলে মনে হয় না"

le chat a posé une question à Alice à voix basse

বিড়ালটি নিচু স্বরে অ্যালিসকে একটি প্রশ্ন জিজ্ঞাসা করল

« Comment aimez-vous la reine ? »

'কেমন লেগেছে রানী?

— Je ne l'aime pas du tout, dit Alice

"আমি তাকে মোটেই পছন্দ করি না," অ্যালিস বলল

Alice pensa qu'elle ferait aussi bien d'y retourner

অ্যালিস ভেবেছিল সে ফিরে যেতে পারে

Elle voulait voir comment le match se passait

তিনি দেখতে চেয়েছিলেন খেলা কেমন চলছে

Elle est partie à la recherche de son hérisson

সে তার সজারুর খোঁজে বেরিয়েছিল

Le hérisson était occupé à combattre un autre hérisson

সজারু আরেক সজারুর সঙ্গে লড়াইয়ে ব্যস্ত

C'était une excellente occasion

এইটি একটি চমৎকার সুযোগ ছিল

Elle pouvait croquer un hérisson avec l'autre

তিনি একটি হেজহগকে অন্যটির সাথে ক্রোকেট করতে পারতেন

Mais son flamant rose était de l'autre côté du jardin

কিন্তু তার ফ্লেমিঙ্গো ছিল বাগানের অন্য প্রান্তে

Le flamant rose était plutôt maladroit

ফ্লেমিংগো বরং আনাড়ি ছিল

Son flamant rose essayait de s'envoler dans un arbre

তার ফ্লেমিঙ্গো একটি গাছে উড়ে যাওয়ার চেষ্টা করছিল

Elle attrapa le flamant rose par la patte

সে ফ্লেমিঙ্গোর পা ধরে ফেলে

Et elle glissa le flamant rose sous son bras

এবং সে ফ্লেমিঙ্গোটি তার বগলের নীচে গুঁজে দিল

De cette façon, le flamant rose ne pouvait plus s'échapper

এভাবে ফ্লেমিংগো আর পালাতে পারবে না

Juste à ce moment-là, Alice rencontra la duchesse

ঠিক তখনই অ্যালিসের সাথে ডাচেসের দেখা হয়

La duchesse était maintenant sortie de prison

ডাচেস এখন কারাগারের বাইরে ছিলেন

Elle glissa affectueusement son bras sous celui d'Alice

সে অ্যালিসের বাহুর নীচে স্নেহের সাথে তার হাতটি গুঁজে দিল

puis ils sont partis ensemble

এরপর তারা একসঙ্গে চলে যান

Alice était très heureuse de la trouver d'une humeur si agréable

অ্যালিস তাকে এমন মনোরম মেজাজে পেয়ে খুব খুশি হয়েছিল

Elle était cependant un peu surprise

তিনি অবশ্য একটু চমকে উঠলেন

Elle entendit la voix de la duchesse près de son oreille

কানের কাছে ডাচেসের গলার আওয়াজ শুনতে পেল সে

« Tu penses à quelque chose, ma chérie »

"তুমি কিছু একটা ভাবছো প্রিয়তমা"

« Et ça fait oublier de parler »

"এবং এটি আপনাকে কথা বলতে ভুলিয়ে দেয়"

« Le jeu se passe un peu mieux maintenant », a déclaré Alice

অ্যালিস বলেন, 'খেলা এখন আরও ভালো হচ্ছে

C'était une façon de poursuivre la conversation

এটা ছিল কথোপকথন চালিয়ে যাওয়ার একটা উপায়

— C'est vrai, dit la duchesse

"সত্যিই তাই," ডাচেস বলল

« Et la morale de cela est la suivante : »

"এবং এর নৈতিকতা হ'ল:

« C'est l'amour qui fait tout ! »

"ভালোবাসাই সব কিছু করে!"

« L'amour est ce qui fait tourner le monde »

"ভালোবাসাই পৃথিবীকে ঘুরিয়ে বেড়ায়"

Alice avait une autre explication

অ্যালিসের অন্য ব্যাখ্যা ছিল

« C'est fait par tout le monde qui s'occupe de ses propres affaires ! »

"এটা সবাই নিজের কাজে মন দিয়ে করেছে!"

— Ah ! Vous pourriez avoir raison"

"আচ্ছা, আচ্ছা! তুমি ঠিক হতে পারো"

— Tout cela signifie à peu près la même chose, dit la duchesse

"এটি সব একই জিনিস মানে," ডাচেস বলেন

et elle enfonça son petit menton pointu dans l'épaule d'Alice

এবং সে তার তীক্ষ্ণ ছোট্ট চিবুকটি অ্যালিসের কাঁধে খুঁড়ে দিল

« Et la morale de cela est la suivante »

"এবং এর নৈতিকতা হ'ল"

« Prendre soin du sens »

"বুদ্ধির যত্ন নিন"

« Et puis les sons prendront soin d'eux-mêmes »

"এবং তারপর শব্দ নিজেদের যত্ন নিতে হবে"

Mais alors le bras de la duchesse se mit à trembler

কিন্তু এরপরই ডাচেসের হাত কাঁপতে শুরু করে

Alice leva les yeux et la reine se tenait là

অ্যালিস তাকিয়ে দেখল রানী দাঁড়িয়ে আছে

La reine avait les bras croisés

রানী হাত জোড় করে বেঁধে রেখেছিলেন

Et elle fronçait les sourcils comme un orage !

আর সে বজ্রপাতের মতো ভুরু কুঁচকে যাচ্ছিল!

« Je vous préviens », cria la reine

রাণী চিৎকার করিয়া কহিলেন, "আমি তোমাদিগকে ন্যায্য সাবধান করিয়া দিচ্ছি

et elle piétina le sol tout en parlant

আর কথা বলতে বলতে মাটিতে লুটিয়ে পড়লেন তিনি

« Soit ta tête, soit sa tête doit être coupée »

"হয় আপনার মাথা বা তার মাথা কাটা উচিত"

« Faites votre choix ! »

"আপনার পছন্দ নিন!"

« Et soyez rapide à ce sujet »

"এবং এ ব্যাপারে তাড়াতাড়ি কর"

La duchesse fait son choix

ডাচেস তার সিদ্ধান্ত নিয়েছে

et au bout d'un instant la duchesse avait disparu

এবং এক মুহূর্তের মধ্যে ডাচেস চলে গেল

Puis la reine s'adressa à Alice

এরপর রানি অ্যালিসের সঙ্গে কথা বলেন

« Continuons le jeu »

"খেলা চালিয়ে যাক"

Alice était trop effrayée pour dire un mot

অ্যালিস একটি কথাও বলতে খুব ভয় পেয়েছিল

et elle la suivit lentement jusqu'au terrain de croquet

এবং সে আস্তে আস্তে তার পিছু পিছু ক্রোকেট–গ্রাউন্ডে ফিরে গেল

Pendant tout ce temps, la reine s'est querellée avec les autres joueurs

পুরোটা সময় রানী অন্য খেলোয়াড়দের সাথে ঝগড়া করেছিলেন

« Coupez-lui la tête ! »

"ওর মাথা কেটে ফেল!"

« Coupez-lui la tête ! »

"ওর মাথা কেটে ফেল!"

« Coupez-leur la tête ! »

"ওদের সবার মাথা কেটে ফেল!"

Bientôt, tous les joueurs ont été en garde à vue

শীঘ্রই সমস্ত খেলোয়াড়কে হেফাজতে নেওয়া হয়েছিল

il ne restait que le roi, la reine et Alice

কেবল রাজা, রানী এবং অ্যালিস রয়ে গেল

Puis la reine s'en alla, tout à fait essoufflée

তারপর রানী চলে গেলেন, বেশ দম বন্ধ হয়ে গেল

et elle s'en alla avec Alice

এবং তিনি অ্যালিসের সাথে চলে গেলেন

Alice entendit le roi dire quelque chose

অ্যালিস শুনতে পেল রাজা নিঃশব্দে কিছু বলছেন

« Vous êtes tous pardonnés »

'তোমাদের সবাইকে ক্ষমা করা হলো'

Mais soudain, un autre cri se fit entendre

কিন্তু হঠাৎ আরেকটা কান্নার শব্দ শোনা গেল

« Le procès commence ! »

"বিচার শুরু হচ্ছে!

et Alice courut avec les autres

এবং অ্যালিস অন্যদের সাথে দৌড় দিল

Qui a volé les tartes ?

কারা চুরি করেছে টার্টস?

Le roi et la reine de cœur étaient assis

হৃদয়ের রাজা ও রানী উপবিষ্ট ছিলেন

ils étaient sur leur trône quand Alice arriva

অ্যালিস আসার সময় তারা তাদের সিংহাসনে ছিল

Il y avait une grande foule rassemblée autour d'eux

তাদের চারপাশে প্রচুর ভিড় জমে গিয়েছিল

Il y avait toutes sortes de petits oiseaux et de bêtes

সেখানে হরেক রকমের ছোট ছোট পাখি ও জন্তু ছিল

Et il y avait tout le paquet de cartes

আর তাসের পুরো প্যাকেট ছিল

Le coquin se tenait devant eux, enchaîné

তাদের সামনে শিকল বেঁধে দাঁড়িয়ে ছিল ছুরিকাঘাত

et il y avait un soldat de chaque côté pour le garder

এবং তাকে পাহারা দেওয়ার জন্য উভয় পক্ষের একজন করে সৈন্য ছিল

près du roi était le lapin blanc

রাজার কাছেই ছিল সাদা থরগোশ

Il avait une trompette dans une main

তার এক হাতে শিঙা ছিল

et il avait un rouleau de parchemin dans l'autre main

আর তার অন্য হাতে ছিল পার্চমেন্টের পুঁথি

Au milieu de la cour se trouvait une table

কোর্টের একদম মাঝখানে একটা টেবিল ছিল

Sur la table, il y avait un grand plat de tartes

টেবিলের উপর একটা বড় থালা ছিল টার্ট

« J'aimerais qu'ils fassent le procès », pensa Alice

"আমি আশা করি তারা বিচারটি সম্পন্ন করবে," অ্যালিস ভেবেছিল

« Alors nous pourrions manger quelques-uns de ces rafraîchissements ! »

"তাহলে আমরা কিছু রিফ্রেশমেন্ট খেতে পারতাম!"

Le juge, soit dit en passant, était le roi

প্রসঙ্গত, বিচারক ছিলেন রাজা

et il portait sa couronne sur sa grande perruque

এবং তিনি তার বিশাল পরচুলার উপর তার মুকুট পরিধান করেছিলেন

« C'est le banc des jurés, pensa Alice

"এটাই জুরি-বক্স," অ্যালিস ভাবল

« Et ces douze créatures, je suppose qu'elles sont les jurés »

"এবং ঐ বারোটি প্রাণী, আমি মনে করি তারা জুরি"

certains étaient des animaux, et d'autres étaient des oiseaux

কেউ পশু, কেউ পাখি

Juste à ce moment-là, le lapin blanc a crié

ঠিক তখনই সাদা খরগোশ চিৎকার করে উঠল

« Silence dans la cour ! »

'আদালতে নীরবতা !

« Héraut, lisez l'accusation ! » dit le roi

রাজা বললেন, "হেরাল্ড, অভিযোগটা পড়ে দেখো!"

Le lapin blanc souffla trois coups de trompette

সাদা থরগোশ তূরীতে তিনবার ফুঁ দিল

Puis il déroula le parchemin

তারপর পার্চমেন্ট-স্ক্রলটা খুলে ফেলল

Et il a lu ce qui suit :

এবং তিনি নিম্নরূপ পাঠ করেন:

« La reine de cœur, elle a fait des tartes, »

"হৃদয়ের রানী, সে কিছু টার্ট তৈরি করেছে,"

« Tout cela, elle l'a fait un jour d'été »

"এই সব সে গ্রীষ্মের দিনে করেছিল"

« Le valet de cœur, il a volé ces tartes »

"হৃদয়ের ছুরি, সে সেই টার্টগুলি চুরি করেছে"

« Et il a emporté ces tartes loin ! »

"আর সেই টার্টগুলো নিয়ে গেছে অনেক দূরে!"

« Appelez le premier témoin », dit le roi

"প্রথম সাক্ষীকে ডাকুন," রাজা বললেন

et le lapin blanc souffla trois coups de trompette

আর সাদা থরগোশ শিঙ্গায় তিনবার ফুঁ দিল

« Amenez le premier témoin ! » cria-t-il

"প্রথম সাক্ষীকে নিয়ে এসো!" সে চিৎকার করে বলল

Le premier témoin était le chapelier

প্রথম সাক্ষী ছিলেন টুপি প্রস্তুতকারক

Il entra avec une tasse de thé dans une main

এক হাতে চায়ের কাপ নিয়ে ঢুকল

et il avait un morceau de pain et de beurre dans l'autre main

আর তার অন্য হাতে ছিল এক টুকরো রুটি আর মাখন

« Tu aurais dû finir », dit le roi

রাজা বললেন, "তোমার কাজ শেষ করা উচিত ছিল

« Quand avez-vous commencé ? »

"কবে থেকে শুরু করলেন?"

Le chapelier regarda le lièvre de marche

টুপি প্রস্তুতকারক মার্চের থরগোশের দিকে তাকাল

Le lièvre de marche l'avait suivi dans la cour

মার্চ হেয়ার তার পিছু পিছু দরবারে ঢুকেছিল

Il avait marché bras dessus bras dessous avec le loir

ডরমাউসের সঙ্গে হাত ধরাধরি করে হেঁটেছিলেন তিনি

« Le quatorzième mars, je crois, dit-il

"চৌদ্দ মার্চ, আমি মনে করি," তিনি বলেছিলেন

« Rendez votre témoignage », dit le roi

রাজা বললেন, 'সাক্ষ্য দাও

« Et ne sois pas nerveux, ou je te ferai exécuter sur-le-champ »

"আর নার্ভাস হয়ো না, নইলে আমি তোমাকে ঘটনাস্থলেই মৃত্যুদণ্ড দেব"

Cela n'a pas semblé encourager du tout le témoin

এতে সাক্ষীকে মোটেও উৎসাহিত করা হয়েছে বলে মনে হয়নি

Il n'arrêtait pas de se déplacer d'un pied sur l'autre

এক পা থেকে আরেক পায়ে নড়াচড়া করতে লাগল

et il regarda la reine avec inquiétude

এবং তিনি অস্বস্তিতে রানীর দিকে তাকালেন

et, dans sa confusion, il mordit un gros morceau de sa tasse de thé

এবং, তার বিভ্রান্তির মধ্যে, তিনি তার চায়ের কাপ থেকে একটি বড় টুকরো কামড়েছিলেন

En réalité, il voulait croquer dans son pain et son beurre

সত্যিই তিনি তার রুটি এবং মাখন থেকে কামড় দিতে চেয়েছিলেন

Juste à ce moment, Alice éprouva une sensation très curieuse

ঠিক এই মুহূর্তে অ্যালিস একটি খুব কৌতূহলী সংবেদন অনুভব করেছিল

Elle commençait à grossir à nouveau

সে আবার বড় হতে শুরু করেছিল

Le misérable chapelier laissa tomber sa tasse de thé

হতভাগ্য টুপি প্রস্তুতকারক তার চায়ের কাপ ফেলে দিল

et le pain et le beurre tombèrent à terre

এবং রুটি এবং মাখন মাটিতে পড়ে গেল

et il mit un genou à terre

এবং তিনি এক হাঁটু গেড়ে বসলেন

« Je suis un pauvre homme, Votre Majesté », a-t-il commencé

"আমি একজন দরিদ্র মানুষ, মহারাজ," তিনি শুরু করলেন

« Vous êtes un bien mauvais orateur, » dit le roi

রাজা বললেন, "আপনি খুব খারাপ বক্তা

« Tu peux y aller, » dit le roi

রাজা বললেন, "তুমি যেতে পারো

et le chapelier quitta précipitamment la cour

আর টুপি প্রস্তুতকারক তড়িঘড়ি করে আদালত ত্যাগ করেন

« Appelez le témoin suivant ! » dit le roi

"পরের সাক্ষীকে ডাকুন!" রাজা বললেন

Le témoin suivant fut le cuisinier de la duchesse

পরের সাক্ষী ছিলেন ডাচেসের বাবুর্চি

Elle portait la poivrière à la main

সে হাতে মরিচের বাক্সটা নিয়ে গেল

et les gens près de la porte se mirent à éternuer tout à coup

আর দরজার কাছের লোকজন একযোগে হাঁচি দিতে শুরু করল

« Rendez votre témoignage », dit le roi

রাজা বললেন, 'সাক্ষ্য দাও

— Je ne donnerai aucun témoignage, dit le cuisinier

বাবুর্চি বলল, "আমি কোনও প্রমাণ দেব না

Le roi regarda anxieusement le lapin blanc

রাজা উদ্বিগ্ন চোখে সাদা থরগোশের দিকে তাকালেন

Et le lapin blanc parlait d'une voix douce

আর সাদা থরগোশ শান্ত গলায় কথা বলল

« Votre Majesté doit contre-interroger ce témoin »

"মহারাজ অবশ্যই এই সাক্ষীকে জেরা করবেন"

« Eh bien, s'il le faut, il le faut, » dit le roi

রাজা বললেন, "আচ্ছা, যদি করতেই হয়, আমাকে করতেই

হবে

« De quoi sont faites les tartes ? »

"টার্টগুলি কী দিয়ে তৈরি?"

« Les tartes sont faites de poivre, principalement », a déclaré le cuisinier

বাবুর্চি বলল, "টার্টগুলি বেশিরভাগ গোলমরিচ দিয়ে তৈরি হয়

Pendant quelques minutes, toute la cour fut dans la confusion

কয়েক মিনিটের জন্য পুরো আদালত বিভ্রান্তিতে ছিল

Finalement, ils se sont tous calmés

অবশেষে তারা সবাই আবার খিতু হলো

Mais à ce moment-là, le cuisinier avait disparu

কিন্তু ততক্ষণে বাবুর্চি উধাও হয়ে গেছে

« N'importe ! » dit le roi

রাজা বললেন, "কিছু মনে করবেন না

« Appel à la barre du prochain témoin »

"পরবর্তী সাক্ষীকে স্ট্যান্ডে ডাকুন"

Alice regarda le lapin blanc qui tâtonnait sur la liste

অ্যালিস সাদা থরগোশের দিকে তাকিয়ে রইল যখন সে তালিকাটি নিয়ে ঝাঁকুনি দিচ্ছিল

Vous pouvez imaginer sa surprise à ce qu'elle a entendu ensuite

আপনি কল্পনা করতে পারেন যে তিনি পরবর্তী যা শুনেছেন তাতে তিনি অবাক হয়েছেন

à tue-tête de sa petite voix aiguë, il appela le nom « Alice ! »

তার তীক্ষ্ণ ছোট্ট কণ্ঠস্বরের শীর্ষে, তিনি নামটি "অ্যালিস" বলে ডাকলেন!

Le témoignage d'Alice
অ্যালিসের প্রমাণ

« Ici ! » s'écria Alice

"এখানে!" অ্যালিস চিৎকার করে উঠল

Elle se leva d'un bond en toute hâte

সে খুব তাড়াহুড়ো করে লাফিয়ে উঠল

et elle renversa le banc des jurés

এবং তিনি জুরি-বক্সে উল্টে গেলেন

et elle renversa tous les jurés

এবং তিনি সমস্ত জুরিম্যানকে ছিটকে ফেলেছিলেন

et ils tombèrent sur la tête de la foule en bas

এবং তারা নীচে জনতার মাথার উপর পড়ে গেল

Alice était dans un grand désarroi

অ্যালিস খুব হতাশ হয়ে পড়েছিল

« Oh ! je vous demande pardon ! » s'écria-t-elle

"ওহ, আমি আপনার কাছে ক্ষমা প্রার্থনা করছি!" সে চিৎকার করে উঠল

« Le procès ne peut pas avoir lieu », dit le roi

রাজা বললেন, "বিচার এগোতে পারে না

« Les jurés doivent retourner à leur place »

"জুরিম্যানদের অবশ্যই তাদের যথাযথ জায়গায় ফিরে যেতে হবে"

Il répéta l'ordre avec beaucoup d'emphase

তিনি খুব জোর দিয়ে আদেশটি পুনরাবৃত্তি করেছিলেন

et il regarda Alice d'un air sévère

এবং তিনি কঠোরভাবে অ্যালিসের দিকে তাকালেন

« Que savez-vous de ces événements ? » demanda le roi à Alice

"আপনি এই ঘটনাগুলি সম্পর্কে কী জানেন?" রাজা অ্যালিসকে জিজ্ঞাসা করলেন

— Je ne sais rien à ce sujet, dit Alice

"আমি এই বিষয়ে কিছুই জানি না," অ্যালিস বলল

Le roi lut ensuite un extrait de son livre

রাজা তখন তার বই থেকে পড়ে শোনালেন

« Règle quarante-deux »

"বিধি বিয়াল্লিশ"

« Toutes les personnes de plus d'un kilomètre de haut doivent quitter le tribunal »

"এক মাইলের বেশি উঁচু সমস্ত ব্যক্তিকে আদালত ছেড়ে যেতে হবে"

« Je ne suis pas à un mille de haut, » dit Alice

"আমি এক মাইল উঁচু নই," অ্যালিস বলল

« Près de deux milles de haut », dit la reine

"প্রায় দুই মাইল উঁচু," রানী বললেন

— Eh bien, je refuse d'y aller, dit Alice

"ঠিক আছে, আমি যেতে অস্বীকার করি," অ্যালিস বলল

Le roi pâlit

রাজা ফ্যাকাশে হয়ে গেলেন

et il ferma précipitamment son carnet

এবং তিনি তাড়াহুড়ো করে তার নোট-বইটি বন্ধ করলেন

« Considérez votre verdict », a-t-il dit au jury

"আপনার রায় বিবেচনা করুন," তিনি জুরিকে বলেছিলেন

Il parlait d'une voix basse et tremblante

তিনি নিচু, কাঁপা কাঁপা কণ্ঠে কথা বললেন

Puis le lapin blanc prit la parole

তারপর সাদা থরগোশ কথা বলল

« Il y a encore plus de preuves à venir »

'আরও প্রমাণ আসা বাকি'

et il se leva d'un bond en toute hâte

আর সে খুব তাড়াহুড়ো করে লাফিয়ে উঠল

« Ce papier vient d'être retiré »

"এই কাগজটি এইমাত্র তোলা হয়েছে"

« On dirait que c'est une lettre écrite par le prisonnier »

'মনে হচ্ছে এটা কয়েদির লেখা চিঠি'

Il déplia le papier tout en parlant

কথা বলতে বলতে কাগজটা খুললেন

« Ce n'est pas une lettre, après tout »

'এটা কোনো চিঠি নয়'

« Ce que c'était, c'était un ensemble de versets »

"এটি যা ছিল তা ছিল আয়াতের একটি সেট"

« S'il vous plaît, Votre Majesté », dit le coquin

"দয়া করুন, মহারাজ," নভ বলল

« Je n'ai pas écrit ces vers »

'আমি এই পঙক্তিগুলো লিখিনি'

« et ils ne peuvent pas prouver que j'ai écrit quoi que ce soit »

"এবং তারা প্রমাণ করতে পারে না যে আমি কিছু লিখেছি"

« Il n'y a pas de nom signé à la fin »

'শেষে কোনো নাম স্বাক্ষর নেই'

Le roi parla au fripon

রাজা নভের সাথে কথা বললেন

« Vous avez dû vouloir causer des méfaits »

"তুমি নিশ্চয়ই কোন দুষ্টুমি করতে চেয়েছিলে"

« Sinon, tu aurais signé ton nom comme un honnête homme »

"নইলে তুমি সৎ লোকের মতো তোমার নাম স্বাক্ষর করতে পারতে"

Il y eut un claquement général de mains

সাধারণ হাততালি ছিল

Et le roi se tourna vers le lapin blanc

আর রাজা সাদা থরগোশের দিকে ফিরলেন

« Lisez les vers », ordonna-t-il

তিনি আদেশ দিলেন, 'আয়াতগুলো পড়ো

Il y eut un silence de mort dans la cour

দরবারে নেমে আসে সুনসান নীরবতা

et le lapin blanc lut les versets

আর সাদা থরগোশ আয়াতগুলো পাঠ করল

Ils m'ont dit que vous étiez allé chez elle

তারা আমাকে বলেছিল যে তুমি তার কাছে গিয়েছিলে

Et ils lui parlèrent de moi

এবং তারা আমাকে তার কাছে উল্লেখ করেছিল

Elle m'a donné un bon caractère

তিনি আমাকে একটি ভাল চরিত্র দিয়েছেন

Mais elle a dit que je ne savais pas nager

কিন্তু তিনি বলেন, আমি সাঁতার পারি না

Il leur a fait savoir que je n'étais pas parti

তিনি তাদের খবর পাঠিয়েছিলেন যে আমি যাইনি

Nous savons que c'est vrai

আমরা জানি এটা সত্যি

Si elle poussait l'affaire, que deviendriez-vous ?

ও যদি ব্যাপারটা নিয়ে চাপ দেয়, তাহলে তোমার কী হবে?

Je lui en ai donné un, ils lui en ont donné deux

আমি তাকে একটি দিয়েছি, তারা তাকে দুটি দিয়েছে

Vous nous en avez donné trois ou plus

আপনি আমাদের তিন বা ততোধিক দিয়েছেন

Ils sont tous revenus de sa part vers vous

তারা সকলেই তাঁর কাছ থেকে আপনার কাছে ফিরে এসেছে

bien qu'ils aient été les miens avant

যদিও তারা আগে আমার ছিল

Si j'avais la chance d'être

যদি আমি বা সে সুযোগ হতে হবে

Si j'étais impliqué dans cette affaire

যদি আমি বা সে এই ঘটনার সাথে জড়িত থাকতাম

Il compte en vous pour les libérer

তিনি তাদের মুক্ত করার জন্য আপনার উপর ভরসা করেন

Exactement comme nous étions

ঠিক যেমন আমরা ছিলাম

Mon idée, c'est que vous aviez été

আমার ধারণা ছিল যে আপনি ছিলেন

Avant qu'elle n'ait cette crise

তার আগে এই ফিট ছিল

Un obstacle qui s'est dressé entre

এর মধ্যে যে বাধা এসেছিল

Lui, et nous-mêmes, et cela

তাকে, এবং আমরা এবং এটি

Ne lui faites pas savoir qu'elle les aimait mieux

তাকে জানতে দেবেন না যে তিনি তাদের সবচেয়ে বেশি পছন্দ করেছেন

Car cela doit être à jamais un secret, caché à tous les autres

কেননা ইহা চিরকাল গোপন থাকিতে হইবে, যাহা অন্য সকলের নিকট হইতে গোপন থাকিতে হইবে

Ce secret doit rester un secret entre vous et moi

এই রহস্য আপনার এবং আমার মধ্যে অবশ্যই গোপন থাকবে

Le roi était très impressionné

রাজা খুব মুগ্ধ হলেন

« C'est la preuve la plus importante que nous ayons entendue jusqu'à présent »

"এটি এখন পর্যন্ত শোনা সবচেয়ে গুরুত্বপূর্ণ প্রমাণ"

— Je ne crois pas que ces vers aient un atome de sens, objecta Alice

"আমি বিশ্বাস করি না যে এই আয়াতগুলি অর্থের একটি পরমাণু বহন করে," অ্যালিস আপত্তি জানায়

le roi avait sa propre opinion sur la question

এ বিষয়ে রাজার নিজস্ব মতামত ছিল

« S'il n'y a pas de sens dans ces mots, cela sauve un monde de problèmes »

"যদি এই শব্দগুলির মধ্যে কোনও অর্থ না থাকে তবে এটি বিশ্বের সমস্যাগুলি বাঁচায়"

« Alors nous n'avons pas besoin d'essayer de trouver le sens »

"তাহলে আমাদের অর্থ খোঁজার চেষ্টা করার দরকার নেই"

« Laissons le jury délibérer sur son verdict »

"জুরিকে তাদের রায় বিবেচনা করতে দিন"

« Non, non ! » dit la reine

"না, না!" রানী বললেন

« La condamnation d'abord, le verdict ensuite »

'আগে সাজা, পরে রায়'

« Des bêtises et des bêtises ! » dit Alice à haute voix

"স্টাফ এবং বাজে কথা!" অ্যালিস জোরে বলল

« Comme il est stupide de condamner l'accusé en premier ! »

"প্রথমে আসামিকে শাস্তি দেওয়া কতটা বোকামি!"

« Tais-toi ! » dit la reine en devenant violette

"জিভ সামলাও!" রানী বেগুনি হয়ে বললেন

« Je ne me tairai pas ! » dit Alice

"আমি আমার জিহ্বা ধরে রাখব না!" অ্যালিস বলল

cria la reine à tue-tête

রাণী উচ্চস্বরে চিৎকার করে উঠলেন

« Coupez-lui la tête ! »

"ওর মাথা কেটে ফেল!"

Personne n'a fait un mouvement

কেউ আন্দোলন করেনি

« Qui se soucie de ce que vous dites ? » dit Alice

"আপনি কী বলেন তাতে কার কী আসে যায়?" অ্যালিস বলল

Elle avait atteint sa taille maximale à ce moment-là

তিনি এই সময়ের মধ্যে তার পূর্ণ আকারে বেড়ে উঠেছিলেন

« Tu n'es rien d'autre qu'un jeu de cartes ! »

"তুমি এক প্যাকেট তাস ছাড়া আর কিছুই নও!"

À ces mots, toutes les cartes se levèrent dans les airs

এই বলে সব তাস বাতাসে উঠে গেল

et toutes les cartes s'abattaient sur elle

আর সব তাস উড়ে এসে পড়ল তার উপর

Elle poussa un petit cri

সে একটু চিৎকার দিল

Elle était à moitié effrayée, mais aussi en colère

তিনি অর্ধেক ভয় পেয়েছিলেন, তবে রাগান্বিতও ছিলেন

Et elle a essayé de se battre contre les cartes

এবং তিনি নিজের কাছ থেকে কার্ডগুলি লড়াই করার চেষ্টা করেছিলেন

puis elle se retrouva allongée sur le talus d'herbe

আর তখনই সে নিজেকে ঘাসের পাড়ে শুয়ে থাকতে দেখল

Sa tête était sur les genoux de sa sœur

তার মাথা ছিল বোনের কোলে

Des feuilles mortes s'étaient posées sur son visage

কিছু মরা পাতা তার মুখে এসে পড়েছে

et sa sœur balayait doucement les feuilles

আর তার বোন আস্তে আস্তে পাতা ঝেড়ে ফেলছিল

« Réveille-toi, ma chère Alice ! » dit sa sœur

"জেগে ওঠো, অ্যালিস ডিয়ার!" তার বোন বলল

« Quel long sommeil tu as eu ! »

'কী লম্বা ঘুম হয়েছে তোমার!

« Oh, j'ai fait un rêve si curieux ! » dit Alice

"ওহ, আমি এমন একটি অদ্ভুত স্বপ্ন দেখেছি!" অ্যালিস বলল

Et elle raconta à sa sœur tout ce qu'elle pouvait se rappeler

এবং সে তার বোনকে তার যতটুকু মনে করতে পারে তা বলেছিল।

toutes les étranges aventures que vous venez de lire

অদ্ভুত সব অ্যাডভেঞ্চার যা আপনি এইমাত্র পড়ছেন

Alice se leva et s'enfuit en courant

অ্যালিস উঠে দৌড়ে চলে গেল

et elle pensait, tout en courant, à son rêve

দৌড়াতে দৌড়াতে সে তার স্বপ্নের কথা ভাবতে লাগল

« Quel rêve merveilleux cela avait été ! »

"কী চমৎকার স্বপ্ন ছিল!

www.ingramcontent.com/pod-product-compliance
Lightning Source LLC
Chambersburg PA
CBHW011043190726
48290CB00011B/2983